Joey Pigza Swallowed the Key
了不起的乔伊

Jack Gantos
[美] 杰克·甘托斯 著
马爱农 译

SPM 南方传媒 | 新世纪出版社
· 广州 ·

图书在版编目（CIP）数据

　　了不起的乔伊 /（美）杰克·甘托斯著；马爱农译. —广州：新世纪出版社，2024.3
　　ISBN 978-7-5583-4051-2

　　Ⅰ . ①了… Ⅱ . ①杰… ②马… Ⅲ . ①儿童小说—中篇小说—美国—现代 Ⅳ . ① I712.84

中国国家版本馆 CIP 数据核字（2023）第 242590 号

广东省版权局著作权合同登记号　图字：19-2023-321 号
Joey Pigza Swallowed the Key
by Jack Gantos
Copyright ©1998 by Jack Gantos
Simplified Chinese translation copyright © 2024 by Beijing Xiron Culture Group Co., Ltd.
Published by arrangement with Writers House, LLC through Bardon Chinese Creative Agency Limited All rights reserved.

出　版　人：陈少波
责任编辑：耿　芸
责任校对：李　丹
责任技编：王　维
封面设计：DUCK 不易

了不起的乔伊
LIAOBUQI DE QIAOYI
[美] 杰克·甘托斯　著　马爱农　译

出版发行	SPM 南方传媒 新世纪出版社（广州市越秀区大沙头四马路 12 号 2 号楼）
经　　销	全国新华书店
印　　刷	北京世纪恒宇印刷有限公司
开　　本	880 mm × 1230 mm　1/32
印　　张	6
字　　数	100 千
版　　次	2024 年 3 月第 1 版
印　　次	2024 年 3 月第 1 次印刷
定　　价	35.00 元

版权所有，侵权必究。
如发现图书质量问题，可联系调换。
质量监督电话：020-83797655
购书咨询电话：010-65541379

目 录

第 1 章　发　狂　　　　　　　　　001

第 2 章　家　谱　　　　　　　　　007

第 3 章　难　搞　　　　　　　　　019

第 4 章　钓　鱼　　　　　　　　　035

第 5 章　许　愿　　　　　　　　　049

第 6 章　谁？　　　　　　　　　　063

第 7 章　资优生　　　　　　　　　079

第 8 章　停　课　　　　　　　　　091

JOEY PIGZA SWALLOWED THE KEY

第9章	坏孩子	099
第10章	穿　过	107
第11章	改变方式	123
第12章	匹兹堡	143
第13章	月亮上的人	155
第14章	药　贴	167
第15章	在这里给我照一张	177

JOEY PIGZA SWALLOWED THE KEY

第1章 发狂

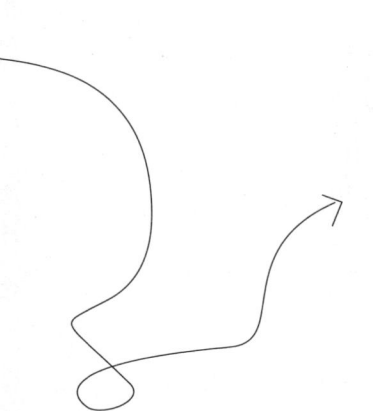

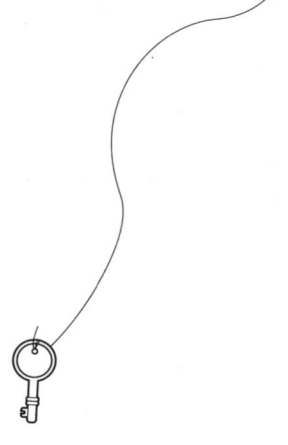

在学校里,他们说我坏得不正常,或疯得不正常,或难过得不正常,或高兴得不正常,这取决于我当时的情绪,还有老师最后怎么打发我。但有一点是毫无疑问的,我不正常。

这一年也没什么两样。一开始的时候,每天似乎都是老样子。上午,我状态还行,跟得上课堂进度。可是吃过午饭,药效渐渐消失,我就开始麻烦不断了。

有一天,我们班正在做算术练习,马克西夫人每提出一个问题,比如"九乘以九等于多少?"我就把手举起来,因为我做算术题脑瓜很灵。可是她每次叫我回答,我就算知道答案,也会脱口说道:"我回头再告诉你,好吗?"然后我就笑得差点儿从座位上翻下去。她就会嘴唇发白地瞪我一眼,意思是"安静点儿"。但是我没有安静,她每提出一个问题,我都立刻举手,最后,其他孩子都不再举手了,因为他们知道我和马克西夫人之间会有怎样的一番较量。

"好吧,乔伊。"她叫着我的名字,同时目不转睛地盯着我的脸,似乎她的眼睛是长长的手指,能一把抓住我的下巴。我也直愣愣地盯着她,迟疑了一下,似乎打算回答那个问题了,接着却扯足了嗓门儿喊道:"我回头再告诉你,好吗?"我接连这样闹了好几次,最后,她用大拇指朝门口一指,说:"到走廊去。"全班哄堂大笑。

我走出去,在走廊里站了一秒钟,突然想起了口袋里那个迷你超级弹跳球,就拿出来玩。我把弹跳球在锁柜和天花板之间弹来弹去,没想到,隔壁班上的迪伯斯夫人把脑袋从门口探了出来,喊道:"喂,禁止喧哗!"就像在朝一只流浪猫嚷嚷似的。突然,我想起有件事我可以试试。我在电视上看见大嘴怪像陀螺一样滴溜溜地转,于是我解开我的皮带扣,揪住皮带的一头,使劲地拉,就像开动一台割草机那样。可是这并没有让我转得很快。我就解下了高帮鞋的鞋带,把它们系在一起,绑在皮带上,在我的腰上绕了几圈。然后,我抓住一头,使劲一拽，总算是把自己带得旋转了起来。我不停地转，最后越转越好、越转越快，很快就一头撞到了锁柜上，因为我已经转得头昏眼花了。接着，我又狠狠地拉了一下皮带，可是我晕得太厉害了，身子转得飞快，嘴里还发出了大嘴怪那样的哼哼声和嘟囔声，最后马克西夫人走出教室，用两只手抓住我的肩膀。她让我停得太突然了，旋转中，我的鞋子飞了出去，蹿到了走廊那头。

"你要么双脚立定，站够五分钟，要么就直接一路转着圈儿去校长办公室吧。"她说，"告诉我，你的选择是什么？"

"我回头再告诉你，好吗？"我问。

她的脸变得通红。"五分钟！"她说，"你安静五分钟，就能回到班上。"

我点点头。她走后，我把皮带和鞋带用力一拽，又开始转啊，转啊，砰砰地再次撞在锁柜上。我转得太顺当了，舌头底下的口香糖飞了出去，那个超级弹跳球也从我的手里滑落，在走廊里一跳一跳地远去了。我还是继续地转啊转，就像从很陡的山坡上滚下去一样，根本收不住脚。很快，我就撞在了校长办公室外的玻璃墙上，像鱼缸里一条晕头转向的鱼。这时校

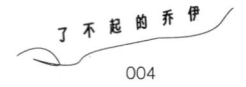

长出来了,她把我压在墙上,我们简单地谈了几句我的行为目的。后来那天我就一直蹲在她办公室的地板上,整理那些用过的旧蜡笔。幼儿班的小朋友把蜡笔都装在几个大塑料盆里,我把蓝的分成一堆,绿的分成一堆,红的分成一堆,黄的分成一堆……剩下的就不用说了。

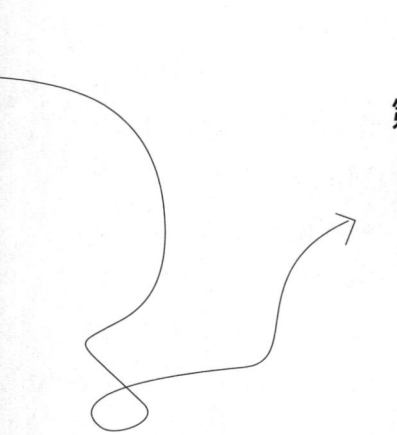
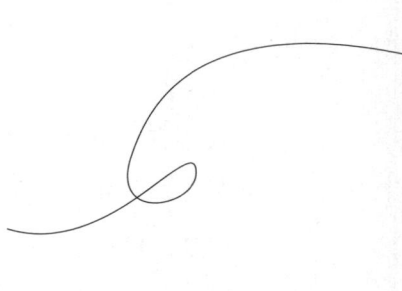

第 2 章
家谱

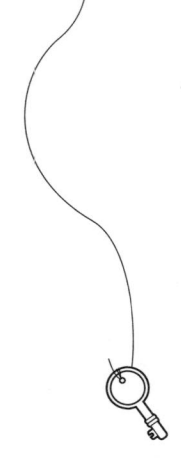

　　我还在上幼儿园的时候,爸爸就跑了,妈妈出去追他。一直是奶奶养着我,直到去年夏天,妈妈终于不再去找爸爸,回过头来,想起了我。一天早晨,她按响了我们家的门铃。

　　"谁?"我喊道,我和奶奶把门拽开,一个陌生人站在玄关的垫子上。她就像教堂里的那种贵妇人一样,穿着亮闪闪的鞋子,戴着一顶礼拜帽子❶。

　　"对不起,我走了这么久。"她说。

　　"你就不该回来。"奶奶没好气地说,用胳膊肘子使劲把我顶到一边,害得我差点儿把那根爱心棒棒糖戳进嗓子眼

---

❶ 礼拜帽子,指星期天做礼拜时戴的正式一点儿的帽子。——本书注释均为编者注

儿里。

"我只想好好地解决问题。"那个是我妈妈的女人说。

"这些话我以前都听够了。"奶奶喊道，说完又使劲把我往后一推，因为我不停地把脑袋从她的屁股后面探出去，想看看是怎么回事。

我真的搞不清她们俩在说些什么，因为我没有认出那个女人。后来她把门一把推开，不等有人批准，就一个箭步迈进来，直接走进了客厅。"嗨，乔伊。"她说，"我是你妈妈。"

她想伸手来摸我的头，我一猫腰躲过了，我说我不知道你是不是我妈妈，因为我不记得妈妈长什么样了。她的脸上闪过一种特别痛苦的表情，我就猜她肯定是我妈妈，因为一个陌生人肯定不会被我说的话伤害到。但是她并没有情绪崩溃。她开始在每个屋子里走来走去，看到我和奶奶把东西放得乱七八糟，她暗暗地摇头。

"现在我回来了，"她说，"这里的局面就会改观。你们不能再生活在'垃圾堆'里了。"说完，她立刻开始制定新的规矩，想控制我和奶奶，控制整个家。我一点儿也不喜欢她。在她回来的最初几个星期里，我们三个人整天闹得鸡飞狗跳。

妈妈回来跟我和奶奶一起生活的时候,我的状况一团糟。那时候,大家都认为我奶奶是个疯疯癫癫的老太婆,我的恶劣表现都是她造成的。其实,我之所以成为这副样子,是因为奶奶一生下来就是怪人,我爸爸卡特·皮格扎一生下来也是怪人,我是步他们的后尘呢。似乎我们的家谱像一组高压线,从一个铁塔连接另一个铁塔,中间穿过一大片田野。奶奶总是说,我跟我爸爸是一个德行,"一天二十四小时都从墙头往下跳"。而且我爸爸还不是往一个方向跳,我猜他这会儿还不知道在什么地方跳来跳去呢。奶奶说他跳到匹兹堡去了。说不定哪一天他又会跳回来,直接跳进我们家的大门。我希望他能回来,因为到现在为止,我都只是听说过他,真想亲眼看看他到底是什么样的。我有一辆带发条的玩具小汽车,轮子可以转弯,撞到东西时会改变方向,再去撞别的东西,就这样撞来撞去。我玩这辆小汽车时,总会幻想是我爸爸在开车,他的眼珠子滴溜溜地转着,把油门一脚踩到了底。我的玩具小汽车耗光了力气就会停下来,但我猜我爸爸永远不会放慢脚步。他只是不停地撞到楼房、路牌和停在路边的汽车。

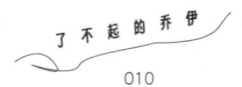

我想，我和爸爸有许多共同点，因为有一次奶奶突然情绪特别好，贴心地提醒我说："乔伊，我希望你好好管束一下自己。你不想最后变得像你爸爸一样吧？"

"我回头再告诉你，好吗？"我一边嚷嚷道，一边拼命想逃走。

"听我说。"她说，在我跑过时她一把抓住了我，"你爸爸就是神经有问题，在诊所里领免费药的时候，他连排队那点儿工夫都不能好好地站着。"

说完，奶奶揪住我的两只耳朵，揪得我双脚差点儿离了地，我像蛇一样拼命扭动，大声尖叫，她才松了手。

人们说我表现不好都怪我奶奶，其实是不公平的，他们以为奶奶是疯婆子，我是无辜的。事实上，我们俩都不正常。我们在家里大叫着跑来跑去，互相拍打，就像在参加世界摔跤比赛似的。我是绿巨人，她是毁灭博士，[1]电话铃一响，我们都抢着跑过去接，嘴里大呼小叫，互相撞在一起，等到不管是谁

---

[1] 绿巨人名为浩克（Hulk），是漫威漫画中的虚构人物，也是漫威旗下最受欢迎的漫画人物之一。毁灭博士（Doctor Doom）是漫威漫画中的超级大反派。

占了上风时,电话那头的人早就等得不耐烦,挂断了电话。家里没有一件东西是完整的或清理干净的。餐厅的桌子上摊着一幅古埃及的拼图,多出来的小块拼图像金字塔一样堆着,还撒到了地板上。我有一大摞忘记完成的家庭作业,地板上还贴满了我画的图画,画的是我奶奶,她的脸长在大蝗虫的身体上,就像被一辆卡车压扁了似的。我把湿叶子贴在玻璃窗上,把我的毛绒玩具用胶水粘在椅子上,把烤箱上的旋钮都拔下来藏在枯死的花盆里,还在门把手、天花板的吊灯和地板出风口之间,全都缠上了大得吓人的假蜘蛛网。时不时地,奶奶会被我的蜘蛛网缠住,脱不开身。

"救命啊!救命啊!"她大声尖叫,活像《疯狂虫虫》电影里的那只人脸苍蝇。奶奶有时候还蛮好玩的。但不是经常。

大多数时候,她总是莫名其妙地发脾气,不停地针对我,抱怨我所做的一切。

"不许摸。不许动来动去。不许跑。不许叫。"她吼道。

不管我碰了什么、说了什么、做了什么,我都感觉自己像在一个卡通地狱里,站在火热的煤堆上,从一个滚烫的地方跳到另一个滚烫的地方,还有许多红色的小鬼用叉子戳我的屁股。就连我说出的话也会烫伤我的舌头。如果我碰巧安静地坐了一分钟，只是微微有点儿摇摆，她也会抱怨。她能一边冲我嚷嚷，一边织毛线。毛衣针跳动得飞快，就像她同时在跟三个火枪手决斗似的。用不了多长时间，她就把毛线织成了长长的一大条，能围着我们整个街区绕上一圈，还能系一个蝴蝶结。但从来也织不成什么像样的东西。样样事情都是半途而废，她的所有计划、我所有的家庭作业和兴趣爱好，都乱糟糟地堆着，落上灰尘。

即使到了现在，我的卧室墙上还涂着那种平静的粉红色，奶奶从底部开始涂，但涂了一半就搁下了，没有涂到顶上。有人告诉她，粉红色能让我的心情变得平静。但是不管用。

我妈妈回来之前，我的床被推到墙角，还有那把椅子，和那个木头开裂的五斗柜，上面贴的假木纹都剥落了。为了防止被涂料弄脏，床单上铺了旧报纸，后来我把旧报纸也当作毯子盖了。有时我想，如果奶奶把所有的东西都涂成那种粉红色，也许我就会平静下来了。我经常坐在我的壁橱里，撬开涂料罐，痴痴地盯着那罐亮晶晶的粉红色涂料，发愣好几个小时。也许只有几分钟。我也说不清楚。如果你相信颜色能释放某种情绪，那么我认为粉红色确实能释放平静。也许那种粉红色还不够粉红，没过多久，我就恢复了老样子，又变得疯疯癫癫了。

妈妈去年夏天回来，开始整顿秩序之后，奶奶的情况更糟糕了。她的脾气变得更坏，我想是因为她也不喜欢规矩吧。妈妈上班的时候，我只能跟奶奶待在一起，她那样子简直把我吓坏了。开学前一个月左右，她像平常一样，整个上午都气呼呼的，下午，她不再坐下来织毛线，而是脾气越来越坏、越来越坏。最后，看见我跳来跳去，她气得发疯，就把冰箱里的东西都扔出来，还把里面的隔板也抽出来丢在地板上。

"快钻进去，待在里面。"她说。一个番茄酱瓶子像个保龄球一样绕着她的脚边打转。

见此情景，我的动作放慢了。我看着她，她的假牙被顶到了一边，嘎巴嘎巴地响，似乎她控制不了它们，似乎它们能顺着她的腮帮子爬上去，咬掉她的耳朵。

"进去！"她喊道，"快进去，不然我就发火了。"她说每个字的声音都杀气腾腾的。

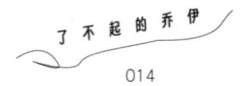

"别逼我。"我说,两只脚交替着跳,"别逼我。"

"进去。"她说,她的身体像鞭子一样啪啪响,"听见没有,快进去,不然我就告诉你妈妈,你不听我的规矩。"

可是我不想进去。我知道规矩有好有坏,被关在冰箱里是一条坏规矩。

"讨厌的小坏蛋。"她说完,砰地关上了冰箱的门,"我需要喘口气。"她转过身,大步走到外面,坐在门廊的摇椅上抽烟。一分钟后,我听见她跑出去追一个人,因为那人往我们家院子里扔垃圾,她的脚步声嗵嗵地远去了。那天晚上,妈妈下班回到家,我独自在家,怕得要命。妈妈看见厨房里一片乱糟糟的,我就把事情告诉了她。

"也难怪你神经不正常。"妈妈说。她非常生气。我们出去找奶奶,然后在街角下水道的隔栅旁边,找到了一只脚后跟磨破的鞋子,别的什么也没有。妈妈想了想,说道:"奶奶可能疯癫得太厉害,不小心滑进了下水道,被永远地冲走了。"

我们一直没有报警,那几天里,我经常蹲在下水道的隔栅旁边,用双手拢住嘴,朝那个黑窟窿里大声喊:"奶奶!奶奶!我原谅你了!回来吧!"

她始终没有回答,我感到很难过,因为我情绪失控的时候,也跟她一个样。

"奶奶并不完全跟你一样。"我告诉妈妈我心里难过时,妈妈对我说,"差别在于,她是嘴巴活跃,你是腿脚活跃。"奶奶总是花半天时间说一些伤人的错话,再花另外半天时间来道歉。"她的那张嘴,真是过度活跃了。"我妈妈说,"你知道,你有时候也管不住自己,不停地动来动去,或者扒在门上荡秋千,或者在床上乱蹦乱跳,是吧?"

"是的。"我说着垂下头,挠了挠我头皮上那块发干的地方。我已经把它挠秃了,还有点儿渗血。

妈妈扯下我的手,握在她的两只手里。"唉,你奶奶是忍不住才说出了那样的话——'你不知道自己在做什么。你把一切都给毁了。你从来不听我的话。我总说你是个十足的笨蛋。'"妈妈说得对。奶奶一生起气来就情绪激动,从一件事扯到另一件事,再扯到另一件事,很快地,她就不知道自己在说什么了,只是嘴唇在动个不停。等她终于平静下来后,又会觉得很难过。

"真是太抱歉了。"她开始说道,"我根本不知道我的话会

得罪人。你们都不要往心里去。你们知道我只是个讨厌的、胡言乱语的老糊涂。"

同样的话她来来回回地说。奶奶也该吃药了,吃她专用的特效药。但就因为她是个奶奶,人们都不认为她有病。他们只是叫她古怪的老太婆。其实她跟我都是病人,但是她年龄大了,病得不太一样。

妈妈回来以后,一切都变了,我的生活里不能没有她,因为只有她能够理解我情绪失控、发疯时是怎么回事。就拿昨天来说吧,早晨上学前,我假装自己是特技演员。天花板的灯泡坏了,妈妈拿了把梯子进来换灯泡,我就从梯子顶上往下冲。我肚子朝下掉在沙发上,接着又跳到地板上。妈妈意识到后,几秒钟内就把我压在了地上,用她的脸贴住我的脸,说道:"怎么回事,臭小子?你今天是正常还是不正常?"

"我回头再告诉你,好吗?"我说,扭动着想挣脱出来。突然,她把两个拳头伸在我面前。"挑一个。"她说。我就挑了一个,她手心里是我的药片。她手里总拿着我的药,就像她是一个专门发药的魔法糖果药剂师。

"看见了吗?"她一边平静地说,一边抚摩着我的头,

"你知道怎么挑选对自己有利的。所以，你可以把梯子收起来吗？"

"好的。"我说，忍不住笑了，从地上爬了起来。我没喝水就把药片吞了下去，我能感觉到它打了个滚儿，绊了一下，又打了个滚儿，然后一路磕磕绊绊地顺着嗓子眼儿下去，落进了我的肚子。我搬起梯子，冲向房间那头，可是我瞄得不准，一下子撞到了门柱上。这顿时就刺激了我。我又试了一次，又再试了一次，最后终于让梯子和门在一条直线上，跌跌撞撞地出了门。我一路走过去，撞到了厨房的桌子，把那个印有公鸡的塑料盐罐和胡椒罐都撞到了地上。

"你还是个婴儿的时候，就没法把一个方块塞进一个方洞里。"妈妈在我身后大声说，"记住第一条规矩：放慢动作，想想自己在做什么。"

妈妈就喜欢给我立规矩。

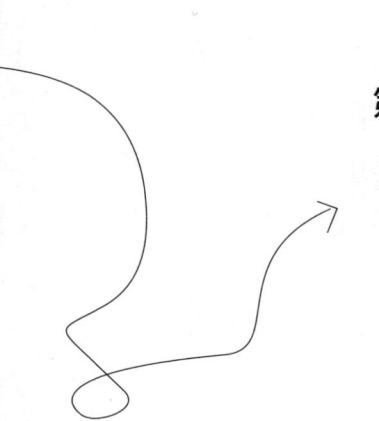

第 3 章
难 搞

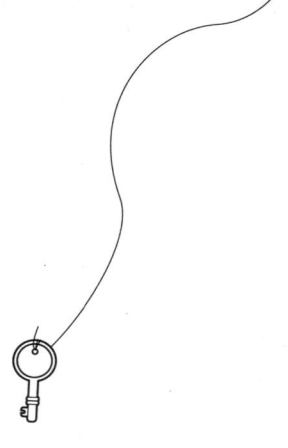

暑假里,学校为我开了一次重要会议。妈妈一脸严肃地回到家,把我打发回自己的房间后,她开始看我的档案。看完档案后,她打开我的房门,坐在了我的床沿上。她说,我应该留一级,得到一些额外的帮助,但是没有一个老师愿意冒险连续教我两年。

"恐怕我也不能怪他们。"妈妈叹着气说,"你有时候确实很难搞。"

"我不明白,他们为什么会觉得我让人头疼。"我对妈妈说。我真的不明白,因为我大部分时间根本不在教室里。我在校长办公室、医务室、图书馆,或者食堂里帮忙,又或者在操场上跑圈儿。看起来,我并不是从早到晚都让人头疼。比如,下雨的时候，老师们都会叫我跑到停车场去帮他们把车窗摇上。我淋得像落汤鸡似的回来，也没有听见他们抱怨。如果学校里进了新货，而我正好在办公室里，我总是帮着把它们搬进仓库，然后我的手上会被盖一个印戳，写的是"好孩子"，不是"难搞的孩子"。而且，我从空中抓苍蝇也是出了名的，我还消灭了教室里的所有蜘蛛，让那些白鼠一直好好地待在笼子里。我敢说，那些助人为乐的好事都没有被写进我的档案。我知道我不是十全十美的，但是我想，他们嘴上讲一套，在纸上写的却是另一套，这是不公平的。

"听到他们这么说我，我感到很难过。"我对妈妈说。

"是啊，可以理解。"妈妈回答，"但是今年，我们可以重新来过。学校希望我带你去看医生，给你治疗治疗。"说完，她伸手把我抓住，在我脸上到处乱亲，我不得不闭上眼睛，不然她就直接亲在我的眼珠上了。

马克西夫人也看了我的档案。我来到她的班上，她给我分配了座位，说要给我一个公平的机会，让我好好地表现一番。第一天上课的时候，她不停地看我，仿佛在说"我在注意你呢"。我已经习惯了别人注意我,特别是去年来了一个特别顾问,我走到哪儿,他跟到哪儿。他给我做各种测试,不断地把报告寄给我奶奶,奶奶说它们是垃圾邮件,直接扔进了垃圾桶。

我在吃早饭时吃了那种特殊药物,它们的效果好极了,我基本上都能乖乖地坐着。我们做算术练习时,我紧盯着马克西夫人的眼睛,大声喊出答案。

在吃午饭的时间到来之前,我的座位稳稳当当的,跟别的座位没什么两样,自己也跟别的孩子没有两样。可是吃过午饭,我觉得自己好像坐在一根大弹簧上,必须拼命忍着才不会被猛地弹出去,头往上冲撞到天花板。早上吃的那种药应该能管一天的,却在我身上失效了。我死死地抓住座椅板,一动不动,盯着时钟上的秒针转了一圈又一圈。马克西夫人讲的那些重要内容,不是从一个耳朵进,从另一个耳朵出,而是根本就没有进入耳朵,直接就弹开了。下课铃一响,我一把松开手,像子弹一样朝门口冲去。

可是马克西夫人在等着我呢。

"别跑这么快,乔伊。"她说,在我跑过时她一把抓住我

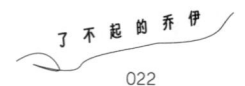

的衬衫后领,"我们需要谈一谈。"

她让我又坐回去,跟我说了她的那些规矩。她说,我必须待在座位上,不许乱跑、乱跳、乱踢。要把两只手放在桌面上。不许扭头东张西望。不许碰前面的同学。不许扭来扭去,做小动作。而且,绝对不许说话,除非我举了手,老师允许我发言。

她把这些规矩都写在一张白色的小卡片上。"记住,这些是我的基本规矩。"她对我说,然后把小卡片牢牢地贴在我课桌上方的角上,"班里的每个同学都要遵守。我不允许有任何例外。所以,只要你遵守这些规矩,专心学习功课,你和我之间就不会有任何麻烦。"

问题是我根本就没听。她涂着鲜红色的指甲油,我的眼睛怎么也离不开她的手指,她用手指敲着我的课桌,在木头桌面上留下了半月形的小坑。第二天,我把她说的话完全忘到了脑后。到了吃午饭的时间,药又失效了,我在座椅上转来转去,就像教堂的狂欢节上的那种疯帽子的茶会。

"乔伊,"马克西夫人说,"请到我的讲台边来。"

我去了。我站在她面前,两只脚交替着跳,好像急着要小便。

"你失控了，乔伊。"她轻声说，把一只手放在我肩膀上，让我平静下来，"还记得那些规矩吗？"

"规矩？"我有点儿茫然地问。

"我们昨天不是谈过吗？"她问。

"我有点儿坐不住。"我说，"每次有这种感觉，我就需要做点儿什么。我奶奶总是给我一把扫帚，让我出去扫人行道，把我们整个街区都扫一圈。"

马克西夫人慢慢地摇了摇头。"可是，我们已经有清洁工了。"她说，"我倒是有一件事，你能帮得上忙。"

她给了我一盒用过的铅笔，让我把它们削尖。班上其他同学都在看一份社会学的讲义，是关于总统的。我逃过了看讲义，只需要削铅笔，我们的班长玛丽亚·多姆布罗斯基看了我一眼。我猜她是忌妒，因为我刚来不到一星期，就成了老师的宠儿，可以做各种好玩的事情。我只是翻了翻白眼，继续削铅笔。

我把第一支铅笔塞进削笔器，开始转动曲柄。我喜欢听笔杆和铅芯被刨削的声音。我把鼻子埋下去，凑在削笔器上，闻了闻刨花的清香气味，它很像我妈妈那个装毛毯的箱子里的味道。我经常躲在箱子里，然后突然跳出来，把我奶奶吓一跳。我不停地转动曲柄，把铅笔往里面塞，最后铅笔被削得很短，橡皮头前面只剩下大约两厘米了，我才把它抽出来，检查了一下笔芯。它尖得像针一样。我把它放进盒子，又拿起另一支铅笔开始削。削完后，我发现了两支粉笔，就把它们也削尖了，然后把秃的那头塞在我的上嘴唇和牙床之间，假装龇着两颗大尖牙。接着，我又在美术手推车上看到了一些冰棒棍，是用来做纸木偶的。趁着马克西夫人没有朝我看，我抓起一根冰棒棍塞进了削笔器。我开始转动曲柄，可是转得不太顺利，最后卡住了，冰棒棍怎么也拔不出来。我紧张地看了马克西夫人一眼，还好，她正忙着把总统的头像贴画钉在布告板上呢。我又使劲拽了拽冰棒棍，可是它卡得死死的，木刺扎进了我的手里。

我撩起我那件匹兹堡企鹅队的曲棍球球衣的下摆，包住冰棒棍，一只手拽，另一只手转动曲柄。冰棒棍一下子出来了，我往后一跌，撞在一张空课桌上，嘴里的"尖牙"掉出来，摔成了几截，在地板上滚动。

马克西夫人朝我看过来,其他人也朝我看过来。"乔伊,"她问,"有问题吗?"

她的问话让我感到紧张。我捡起我的"尖牙",一动不动地站着。

"没有,马克西夫人,没有问题。"我用小老鼠般的声音说。

她点点头,又转过去,背朝着我。但是玛丽亚不停地冲我皱眉头,然后她从课桌里掏出一个小本子,在上面写了两个字,我看不见,但我猜她写的是"乔伊"。玛丽亚是班长,她有责任让大家都规规矩矩的,不然的话,马克西夫人就会把我们的课间休息时间扣掉几分钟。

马屁精,我想,然后就把她忘到了脑后。

削笔器有一串大大小小的孔,能塞进不同粗细的铅笔,比如,那个普通大的孔是削二号铅笔的,转动圆盘,会出现削粗铅笔的大孔,甚至还有一个特别大的孔,可以削那种巨大的小丑铅笔,它有我的手指头那么粗。

妈妈说过我的指甲长了,需要剪短一点儿,因为我睡着后会在自己身上乱挠。而且我想,如果我把指甲削得尖尖的,

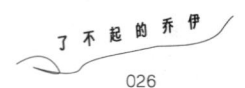

看上去像吸血鬼一样,肯定很酷。于是,我就把一根手指塞进了削笔器,使劲转了一下,但我立刻就把它拔了出来,开始大声尖叫。

马克西夫人转过身,朝我跑来。

"我犯错了。我犯错了。"我喊道,"我不是故意的。"

"让我看看。"她说,一把抓起了我的手。

我举起那根手指,它只擦破了一点儿皮,指尖上有血。可是指甲被掀到了一边,挂在那里,就像剥虾壳时的样子。

"不疼。"我说,想把手从她那里抽回来,塞进口袋,不让任何人看见,"没事。"

我看见马克西夫人用一团纸巾裹住了我的那根手指,然后,她用一只手紧紧捏住那根手指,对我说不会有事的,同时用另一只手抓着我的胳膊肘子,让我平静下来,因为这会儿我在不停地原地打转,用一只手拍我的大腿,就像全身都有红蚂蚁在咬我似的。

"这样伤害自己可不好。"她平静地说。

"我只是在假装吸血鬼。"我解释道。

她把我直接领到了校医霍利菲尔德那里,校医说情况不算严重,不用担心,别的孩子也做过这种事。她用一条白色的大绷带绑住我的手指,使它看上去就像一根棍子头上顶着一大团棉花糖。

"你的指甲会脱落。"她说,"不过别担心。指甲还会再长出来的。"

"有指甲仙女吗?"我问她,"如果有,我就把指甲放在我的枕头底下,可以拿到一美元。"❶

她对我笑了笑,又抬头看了一眼马克西夫人,然后点点头,似乎她俩都知道我的一些情况,就我蒙在鼓里。在我周围,人们总是偷偷地交换眼神。但我不在乎。我也有一些秘密想法,不愿意让他们知道,这样就扯平了。

那天下课后,马克西夫人在教室门口等我。"我们还需要再谈谈。"她说,"坐下吧。"

我望着她,因为我不知道要谈什么,如果我先开口,话

---

❶ 此处可参考牙仙女的故事。传说,有一个仙女专门收集孩子们换牙时掉落的牙齿。孩子们换牙时,若把掉落的牙齿放在自己的枕头下面,就会得到一些礼物,不然就会遭到厄运。

题就很难控制了。所以我就等着，果然，她先开口了。

"乔伊，你必须仔细听我说。"她用平静的、收音机里的声音说道，"我想帮助你，但你也必须管好自己。今天，你把自己弄伤了……"

"我不是故意的。"我喊道，接着就跳了起来。但她用两只手按住我的肩膀，把我慢慢地压回到座位上。

"可是你把自己弄伤了。"她说，"别的孩子不会这么做，你不知道什么东西会伤害到你。这才是我担心的。学校里没有一个人愿意看到你受伤。而且……"她停了一会儿，说话特别谨慎，"学校里也没有一个人愿意被你伤害到。"

"我不会伤害别人。"我说。

"不是故意伤害。"她说，"是无意的。但我们必须确保你不那么做。"

我不明白我为什么没法听她说话。她又说了一些话，关于伤害别人的风险，但似乎她的话全都挤在一起，变成长长的一大串字母和声音，根本听不出是什么意思。我感觉不像是在听人说话，而像是在听马戏团的音乐。

"乔伊，"她说，"你需要知道，教室里是有规矩的。如果你不能遵守课堂纪律,我们就只能把你送到特殊教育学校,让你得到额外的帮助了。我们已经跟你妈妈谈过这点了。"

"好的。"我说。赞同她的话,可以最有效地让她停住话头。"好的。好的。"我说了好几遍。"我明白了。"其实我不明白,特殊教育学校是个新事物,我还根本不知道它是什么东西。

"你千万要明白。"她说,"我们都想让你走在正确的道路上。"

妈妈下班回家后,我把当天的事告诉了她,还给她看了我的手指。她叹了口气,把头发梳成一个马尾,用一根皮筋扎住。"让我看看。"她说,然后解开了我的绷带。她看着我的手指,我看着她的脸,她的神情变得很忧伤。"会好的。"她轻声说,好像大声说话会把伤口唤醒似的。

"我也这么想。"我轻声回答。然后,她非常小心地把绷带又包上了。

"你闯祸了吗?"她问。

"也没有啦。"我回答,"校医说没什么大不了的。"

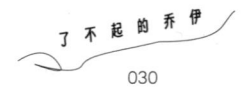

"好孩子。"她说着,并朝我抛了一个飞吻,"好了,给我'调药'去吧。美容院今天简直像个动物园。"

我跑到厨房的柜子前,拿出那一大瓶意大利苦杏酒,它的纸标签上贴着"23.99美元"的红色价签。自从我开始吃药以后,妈妈一直说这是她的"药"。我想,一开始她这么说,是为了让我感觉不那么难过,因为我必须吃药才能让自己好受一点儿。我和她之间似乎有了某个共同点,就像她说的,她的"药"也能让她感觉好受一点儿。

妈妈到学校开过会,带我去过诊所以后,我就开始吃药了。我跟一位医生谈了话,他拿出一大堆表格,问了我很多问题,比如,"你能一边看电视,一边做作业吗?""你吃饭的时候,能让餐巾一直放在腿上吗?"然后他给了我一个魔方,计算我玩了多长时间才放弃。他想知道别的孩子骂我时我是什么感觉。我问他怎么知道别的孩子骂我。他说他只是猜的。我就告诉他,我所在的那条街上有几个孩子叫我"瘦皮",因为我瘦得皮包骨,而且神经过敏,他们给我还起了一些别的外号,我听了很不舒服。然后他跟我妈妈谈了很长时间,让她填了一大堆表格。

但我们肯定是通过了测试,因为后来我们就直接去了药店。等待处方药的时候,我把一张旧软垫椅子里的棉花抠了出来。等到妈妈拿好东西,付清了那一大瓶药片的钱,我已经把所有的棉花都藏在了裤子口袋里,我的大腿周围鼓鼓囊囊的,活像一个粗笨的稻草人。我们开着妈妈借来的车回家。我把我的口袋捅出了一个小洞,一路上,我不停地从口袋上捅出的那个小洞往外掏棉花,把它们慢慢地扔出窗外。到家的时候,我吓坏了,因为我想起药剂师会发现她的椅子瘦成了皮包骨,然后跟着一小团一小团的棉花,一路追踪到我家,就像汉塞尔和格蕾特[1]第一次用面包屑标出了回家的路。我害怕极了,就把我的想法告诉了妈妈,她用两只手捧住我的面颊,亲了亲我的脸,说道:"不要这么担心。我这就给你吃一片药吧。"她把一片药放在我的一只手里,把一杯水放在我的另一只手里,没等我把药吃下去,她又说:"再等一分钟。"她拿出那瓶苦杏酒,用一些山露汽水调了调,说道:"看见了吗,妈妈也有自

---

[1] 汉塞尔和格蕾特,格林童话《汉塞尔与格蕾特》里的两个小主人公。他们被父亲和继母遗弃在大森林里,靠着去时沿路撒下的小石子,找到了回家的路。后来,他们又凭借自己的聪明机智,逃脱危险,获得了幸福。

己的'药',是装在瓶子里的。"然后我们碰了碰杯,我把药片吃了下去。我很高兴吃药。我能感觉到它顺着我的喉咙下去,就像一颗又白又圆的超级英雄小药丸似的,一路把我身体里的坏东西全部消灭。大家都说它会有效的。

果然有效。服药的第一天,我感到自己安静得像一只绵羊,早早地就上床睡觉了,直到第二天上午十点才醒过来。那时候,妈妈已经去美容院上班了,留下一片药让我吃,还留了一张字条,叫我整天都待在家里。于是我就待在家里,暂时感觉自己像个正常的孩子。可是后来,那个熟悉的我又偷偷溜了回来。我在电视上看了一档名为《幸运大转盘》的节目和一集重播的《辛普森一家》,然后站起身,用花生酱把厨房里搞得惨不忍睹。妈妈下班回来,顿时就抓狂了,又给了我一片药,但药片已经不那么管用了,那天夜里我几乎没有睡着。实际上,在第一天之后,药片的作用就一直时有时无的。我永远搞不准会是什么效果。"是平静,还是混乱?"妈妈经常这么说。她给诊所打电话,医生说,这是因为我正在经历青春期的早期阶段,我的血液里一半是男孩,一半是成年男人,那种药对男孩有效,对成年男人无效。今天校医霍利菲尔德给我包扎手指时，我把这话告诉了她，她说这纯属胡说八道，关键问题是我们拿的是廉价药，有的管用，有的不管用。

我给妈妈调完酒，把苦杏酒收好，小心翼翼地端着杯子朝她走去。她尝了尝，说道："乔伊，如果你再犯错，学校可能就会让你走人，就像把水冲进下水道，同学们还会继续上课，只当你从来不存在过。"

"奶奶就是这样吗？"我问。

"不完全是。"她说，"奶奶后来发现你爸爸在城里，她就想，如果住在一个她随便做什么都可以、没有人管她的地方，日子会轻松一些。于是她就回到匹兹堡，跟你爸爸一起生活了。"

"我希望她没事。"我说。

"不用担心你奶奶。"她说，"她像一根旧皮鞭一样结实，说不定还能把你爸爸抽打得清醒一些呢。"妈妈说完，微微地笑了。

第 4 章
钓 鱼

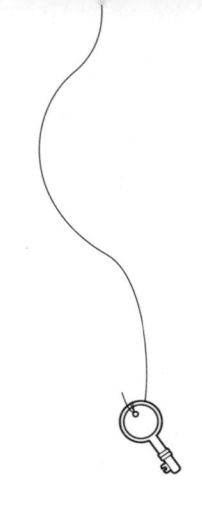

吃过午饭，我坐在自己的课桌旁，马克西夫人背对着我们，写出长长的一列拼写词，都是她从《养女基莉》那本书里选出来的。那个故事太好玩了，我竟然一次能听一分多钟。现在，既然故事已经听过了，我就开始玩起了我们家的钥匙，它穿在一根长绳里挂在我脖子上。我喜欢抚摸这把旧的黄铜钥匙，它的顶上圆圆的、滑滑的，看上去像一张小脸。我就像是在抚摸一件带魔法的东西。我不知道它是怎么锁门和开锁的，反正它就能做得到。自从奶奶走后，妈妈就把钥匙给了我，我放学回家两个小时之后，她才能下班回家。她委托我保管这把钥匙，我们还定了一条规矩，我必须直接回家，进了家门，我想干什么都可以，只是不能点煤气炉、洗澡、给陌生人打恶搞电话，或者往墙上扔棒球，因为会把墙面砸出麻点。一旦进了家门，我就不能再走出去，也不能给陌生人开门。我倒巴不得这样，因为就像我对医生说的，住在附近的那些孩子心眼儿都很坏。有一次我放学回家，他们几个人抓住了我。一个叫福特的小孩儿把我摁在地上，在我脖子上绑了一根皮带。"打个滚儿。"他吼道，我就打了个滚儿。"装死。"他命令道。我吓坏了，拼命把脑袋从皮带里挣脱出来，皮带弄破了我的鼻孔，鼻孔流了血。但我总算逃脱了。现在不管谁来了我都不开门。

  我摆弄着我们家的钥匙，过了一会儿，我把它放进嘴里，玩起了一个游戏❶。我想训练自己把钥匙吞下去，然后再慢慢地把它从我的肚子里拽出来，就像在钓河底的小鱼。

  我是吃过午饭做这件事的，所以我想画面会特别丰富多彩。

  马克西夫人准是转过身来了，但我没有看见。我还在一门心思地钓鱼，猜想能不能把我的肝、我的肾，或我们在科学课上学到的其他器官都给钓出来。突然，马克西夫人猛地向我

---

❶ 这个"游戏"是主人公乔伊在生病、有心理障碍的情况下的非理智行为。请切勿模仿，以免发生危险。

第 4 章　钓鱼

扑来。她伸出一只手,一下子把绳子从我嘴里拽了出去,真疼啊,因为钥匙还在我的喉咙中间呢。然后,她用另一只手拿起她那把教师专用的尖头剪刀,咔嚓一声剪断了钥匙上的绳子,把钥匙放进了我 T 恤衫的口袋里。

"专心学习功课。"她说,敲了敲我课桌上方角上的规矩卡片,"现在坐直了,仔细听讲。"

"好的。"我说,立刻把手放在屁股底下坐好。她刚一离开,我就从牛仔裤口袋里掏出一张旧照片,放在我的桌上。照片上的我站得笔直,双手放在身体两侧,眼睛直盯着照相机。那样子有点儿像一座小雕塑。真奇怪,怎么没有一只鸟落在我头上休息一会儿呢。

"看见了吗?"妈妈把照片给我时,这么说道,"这证明了你可以待着不动。所以,每当你感到控制不住自己的时候,就看着这张照片,它能提醒你安静下来。"

我看着照片,盯着那双小眼睛,拼命回忆我站着不动时心里在想什么,可是我什么也记不起来,于是我的思路就飘走了,没过多久,我就忘记了绳子已经被剪掉,我从 T 恤衫口袋里掏出钥匙,丢进了嘴里。我伸出舌头,让坐在旁边一排的塞思·加斯曼看见钥匙。"如果我把它吞下去,你给我什么?"我小声问。

"一美元。"他说。他这不是乱说的,他不吃免费早餐和免费午餐,所以我知道他身上带着饭钱。

这钱来得可真快,我想。当我准备妥当,张开嘴给塞思看,他惊讶极了,把手伸进口袋,掏给了我一美元。然后,我把手伸向下巴,想去拉绳子,却只摸到了我的嘴唇,我这才突然想起来,绳子没有了!我直接跳上我的座位,大声尖叫:"马克西夫人,我把钥匙吞掉了!"

大家都转过身来盯着我,马克西夫人的眼珠子都快瞪出来了,因为她知道她把绳子给剪掉了。

"哦,天哪!"她喊道。她一把抓住我,冲向隔壁迪伯斯夫人的教室。"帮我看着班上。"她焦急地大声说,然后带着我跑向了医务室。

马克西夫人心急火燎,校医霍利菲尔德倒是很平静,她听马克西夫人讲了事情的经过,然后打开一个白色的柜子,取出一个棕色小瓶和一把塑料勺。"催吐剂。"校医解释说,"会让你吐得翻江倒海,我保证。"

她拿来一个绿色的塑料盘，放在我的下巴底下。看上去就像海怪的嬉水池。然后，她喂我喝了一勺药，味道特别恶心，我一下子就把上星期吃的东西全吐了出来。她用一把塑料勺在呕吐物里搅来搅去，可是没有钥匙。她又喂我喝了一勺药，敢情我把去年吃的东西都吐给了她，还是没有钥匙。

"我们要不要叫医生？"马克西夫人问。

"不用。"校医说，"到了这个环节，要么给他开膛剖肚，要么就让大自然发挥作用吧。"

"我同意交给大自然。"我说。

"我还得回去上课呢。"马克西夫人说，"我去告诉加扎布夫人他在这儿，加扎布夫人可以照看他。"

我们等待的时候，校医说她想跟我玩一个游戏。

"我打扑克很厉害。"我说，"奶奶教过我怎么打扑克。"

"不。"她说，"我想问你一些问题，希望你能回答。"

"什么？"我问。我仍然在想打扑克，在想我多么思念我奶奶。

"好吧，你刚才回答了我的第一个问题。"她说，"你经常丢东西吗？"

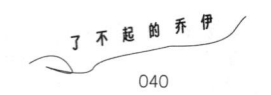

我倒不是讨厌别人问我一大堆问题。我对提问题没什么意见。我只是不喜欢听问题，有的问题要花好长时间才能听明白。有时候，等着对方把一个问题问完，就像看着别人从尾巴开始画一头大象。你一看见尾巴，思路就跑出了十万八千里，想到了上百万种也长着尾巴的其他动物，最后你根本顾不上大象了，因为它只是一种动物，而你脑子里正想着上百万种其他动物呢。

"你经常丢东西吗？"她问。

"我会丢钥匙。"我说，朝她灿烂地笑了一下，"有一天，我的裤子丢了。我上厕所时把裤子脱掉，后来就忘记把它放在哪儿了。"

"你喜欢动物吗？"

"我最喜欢动物了。"我回答，"我想养一只狗。"

校长加扎布夫人来的时候，校医霍利菲尔德去外面的走廊里跟她说话。她们谈完之后，加扎布夫人叫我跟她走。

"乔伊，你需要一点儿额外的帮助。"我们走在主走廊里时，她说，"不妨这么考虑吧。学算术有困难的同学，可以得到算术方面的帮助。如果有同学阅读碰到困难，我们就帮助他们阅读。"

"我阅读没问题。"我说。

"是的。"她说,拍了拍我的头,"但是你不能安静地坐较长时间,专心学习功课。所以,我们要在静坐方面给你提供一些帮助。"

我们走下一道楼梯,来到地下室。"我们要去看清洁工吗?"我问。

"不。"她回答,"这个暑假里,我们增设了一个特殊教育班,帮助那些需要特殊帮助和关怀的孩子。"

"我听说了。"我说,"马克西夫人说,如果我不安静下来,就会被送去那里。"

"她说得对。"加扎布夫人回答。然后她打开一扇门,我们走进了一间明亮的黄色大教室,里面还有一股新鲜的油漆味。

"每个人都很友好。"她说,"所以不用害怕。你可能认识其中的几个孩子。"

可是我很难不感到害怕。确实有几个孩子是楼上的,但是这间教室里大部分都是受伤的孩子、反应迟缓的孩子、用下

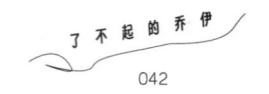

巴操纵轮椅的孩子，还有走路、说话都很古怪的患痉挛症的孩子，他们都是坐特殊校车来上学，或者家里专门开车送来的。我还经常纳闷儿，他们到了学校之后去了哪里呢，现在总算知道了。另外，这里还有许多女人走来走去，她们是孩子们的妈妈，帮着老师一起照顾她们的孩子。我感到很吃惊，她们竟然没有上班，因为我妈妈总是在上班。但是我想，这些妈妈要照顾自己的孩子，就等于有了一份全日制的工作，这也说明了我为什么不属于这里，不然的话，我妈妈也就不能上班了。

"我可以上楼回我的班里去了吗？"我问加扎布夫人。

"再过一会儿。"她回答，"首先，我需要把你介绍给霍华德夫人。"

我移开目光，望着教室远处一个明亮的角落，因为就连我奶奶也告诉过我，盯着残疾儿童看是不礼貌的。我收回目光时，发现有几个孩子正盯着我看，这倒没关系，因为我是正常人。我朝他们挥了挥手，他们也朝我挥了挥手，有的挥得好，有的挥得差。我看他们都挺友好的，就感到心情放松了一点儿。

"我只违反了几条规矩。"我对校长说，"我没犯什么别的大错。"

"我知道。"她说,"但是,我们要帮助你学习怎样不违反规矩。"

"我已经学会了。"我说,"我再也不会吞钥匙了,我保证。"

"这点我相信。"她回答。

就在这时,霍华德夫人走过来,微笑地看着我。

"这就是我跟你谈起的那个学生。"加扎布夫人对她说。她又转向我。"乔伊,"她说,"我希望你听霍华德夫人的话,她叫你做什么你就做什么。我们要给你一点儿特殊的帮助,让你能够坐得住,能够坚持把事情做完。"

我感觉自己就像一只不听话的狗,在地毯上到处屙屎、咬拖鞋,还吓唬邮递员,现在要被送到服从训练学校去了。

霍华德夫人拉着我的手,把我领向教室角落里那把高高的金属椅。"这把椅子,"她说,"是大静坐椅。我把这称为第一步。首先,我想弄清楚你能安静地坐多长时间。"

我爬上那把大椅子,靠着椅背坐下,默默地盯着她看。我的外表看上去肯定是很平静的,就像我一切正常,这件事纯

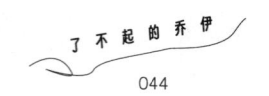

属一个大误会,因为她笑眯眯地看着我,还递给我一本愚蠢的图画书让我看。其实,我感觉我的身体内部就像一大瓶正在冒泡的可乐,你在店里不小心把它掉在了地上,它的瓶口开始咝咝地冒气,就像炸弹快要爆炸了一样。霍华德夫人回去搀扶一个孩子,那孩子摔了一跤,头上还戴着自行车头盔。我三两下就把那本书翻完了,什么也没看进去,只知道它是纸做的。接着我开始扯我手指上的绷带,最后把它给解开了。我开始前后摇晃,可是椅子并不跟着摇晃。于是我把身体从一边挪到另一边。椅子还是不动。我抓住扶手,使劲扭动,把身子探出扶手,挂在那儿,就像斗牛士骑在一头发了狂的公牛身上。然而椅子还是纹丝不动。我低头一看椅子腿,发现它们是钉死在地板上的。钉死了,就好像我是个马戏团的怪物似的。于是我摇晃得更厉害了,还抬起脚后跟,用力地踢椅子腿。椅子腿是金属的,发出了敲暖气管那种咣当咣当的声音,惊天动地,霍华德夫人赶紧冲了回来。她把两只手放在我的膝盖上,我暂时放慢了速度,然后她弯下腰,解开了我的鞋带。

　　她拎着我的那双运动鞋,说道:"我马上就回来。"她走进一个壁橱,回来时拿着一双毛茸茸的兔八哥拖鞋,就是脚趾部位有大龅牙,还有长耳朵,能把你绊个跟头的那种。她把这双鞋穿在我脚上,说:"好吧,你想踢椅子就尽管踢吧。除非你能坐着不动,不乱踢乱蹬,不然你每次上这儿来,都必须穿上这双拖鞋。"

另外几位妈妈在她身后看着我,脸上的神情很疲惫。不是因为我闯了什么祸,她们感到难过、疲惫和生气的那种神情。不一样。她们一脸的疲惫,是因为她们一直都非常难过,现在看到我也闯了祸,她们又为我感到难过,就像她们为自己的孩子感到难过一样,因为她们估计我永远也不会变好了,这样一来,她们就感到更难过了。她们用那种神情看着我,就像我是个没有希望的孩子,这让我太气愤了,我就拼命地踢椅子腿,把脚后跟踢得又疼又肿,每踢一下都钻心地疼。突然,似乎我所有的力气都耗光了,黄色的墙壁又那么刺眼,我就闭上眼睛,睡着了。

那天快结束的时候,霍华德夫人把我叫醒,说我应该返回马克西夫人的教室,去听老师布置家庭作业了。我就回去了,只是脚上还穿着那双龅牙的兔八哥拖鞋。我揉着眼睛,拖着脚走进教室时,塞斯·加斯曼对我指指点点,发出哧哧的笑声,接着全班都哄堂大笑,马克西夫人不得不拍了拍巴掌,让大家安静。然后,她把我领到我的座位上,朝我使了个眼神,意思是"我说到做到",还用手敲了敲我的任务表。"记住,乔伊,"她对着我的耳朵说,"遵守规矩,你就不会惹麻烦。"

虽然她的态度很友好,但我不知道该说什么,就把脑袋趴在了课桌上。我的脸颊贴着桌面,凉凉的,我还想再睡一会儿。

"我认为,你刚才调皮捣蛋,还欠全班同学一个道歉。"她说。

"对不起,我吞下了我的钥匙。"我没有把头抬起来,只是说话的声音抬高了一点儿,"真的对不起。"其实我并不感到后悔,我只感到自己想要跳起来奔跑,于是我用拖鞋钩住课桌的前腿,拼命让自己盯着一件具体的东西,比如窗户上的那个大南瓜灯。如果我一不当心,无法集中精力,没有遵守我的那些重要的规矩,马克西夫人可能就没有别的选择,只能彻底放弃我,让我全天都去下面的特殊教育班了。到那时候,我可就一点儿办法也没有了,换了我妈妈或任何人都没有办法,因为我已经得到过很多次警告,说我的不良行为都记在一份档案里,那档案有电话号码簿那么厚呢。于是我就趴在课桌上,用全身的力气把自己固定在座椅上,就像有个巨人牢牢地抓住了我,我似乎连呼吸也停止了。最后,下课铃终于响了,我嗖地冲出座椅,一头朝家里跑去,脚上仍穿着那双傻乎乎的拖鞋。

　　妈妈下班回家时,我坐在门廊上。我只是给她调了酒,对今天发生的事情一个字也没提。但她还是知道了,因为加扎布夫人那天夜里给家里打电话了。

第5章 许愿

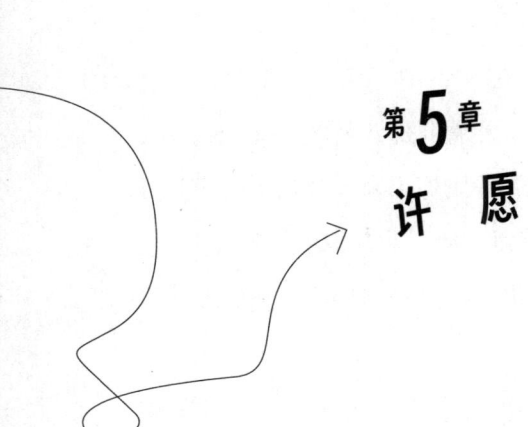

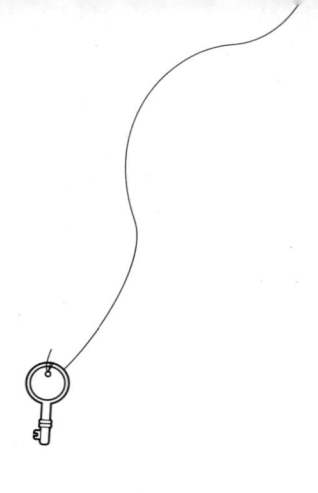

上床前，妈妈给我喝了两勺矿物油。第二天早晨，大自然发挥作用了。我坐在马桶上，穿着我那双新的卧室拖鞋，突然听见当啷的声音，钥匙从我屁股里掉出来，掉在了陶瓷马桶里。我戴上妈妈的橡胶清洁手套，扯了几张卫生纸捂住鼻子，大口地用嘴喘气，把钥匙掏了出来。真脏啊！但我把钥匙洗干净后，它看上去还跟以前一样。

到了学校，我走进教室时握着双手举过头顶，就像宇宙级世界摔跤冠军一样。"我把它屙出来了！"我喊道，"我把它屙在了马桶里。"

塞斯·加斯曼大声欢呼。"你还留着它吗？"他问。

他是怎么想的？难道我还能把钥匙扔了？我掏出脖子

上用新绳子挂着的钥匙。"还是这把钥匙。"我说,"想闻闻吗?"

"吞下它,吞下它,吞下它。"塞斯喊道,立刻,全班同学都跟他一起喊了起来。马克西夫人正在走廊里忙着跟迪伯斯夫人商量外出活动的事。我太兴奋了,忘记了问塞斯要钱,就把钥匙放进嘴里,咽了下去。

"哕。"每个人都发出作呕的声音,但看得很过瘾。

"真恶心。"塞斯喊道,"你吞下了一把带着屎味的钥匙。"

然后我慢慢地把钥匙拽上来,就像有鼓点在空中敲响。这么做还蛮难的,因为我的喉咙被磨得很疼,等我把钥匙彻底拖出来后,才看出是怎么回事。我早餐吃了一碗意大利冷面,面条从钥匙头上挂下来,就像八爪鱼的小细腿一样。我拎着面条上下晃动,大家都看见了,他们的尖叫声更响了,马克西夫人匆匆跑了进来。

"我就知道准是你!"她说。她转过弯,看见了我手里的东西,就用手指指着我:"快到医务室去,把你的脸和嘴洗干净!然后把钥匙拿来给我!"

第 5 章 许愿

校医霍利菲尔德听我讲了事情的经过，给了我一个小纸杯，里面有一些漱口水，味道像我妈妈喝的那种酒。

"如果我能想出一个办法，"她说，"在你这样的人身上装一个开关，我肯定能挣一百万。"

"你想摸摸我的钥匙吗？"我问，并把钥匙举了起来。

"你今天吃药了吗？"她反过来问我。

"我回头再告诉你，好吗？"我嚷道。

"我认为我已经知道答案了。"她说，不满地看了我一眼，"你不能觉得想吃药的时候才吃药。"她继续说道，然后打发我到厕所去洗手洗脸。

"我知道。"我支支吾吾地说，"但我妈妈忘记了。"

"我们可以在这里给你吃药。"校医说，"每天都有孩子在这里排队吃药。"

"不行。"我回答，"我妈妈说，除了她，谁也不能给我吃药。"

"那她就得保证让你按时吃药。"她强调道，"该做什么做什么。"

"我正做着呢。"我说，"我在洗脸。"我抬头看她时，她

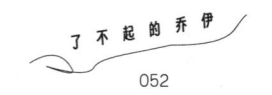

在摇头。

"你最好回教室去吧。"她说,并递给了我一张纸巾,"你是个聪明的孩子,但如果你不好好学习,就要落后了。"

"我有多聪明?"我问。

"聪明得很,还知道怎么按这些按钮。"她说,"好了,快走吧。"

马克西夫人在布告板上清理出一块地方,我把钥匙交给她后,她用图钉把钥匙钉在布告板的软木上。"每天早晨,你把钥匙挂在这里。"她说,"每天下午,你可以把它取走。那么,你知道我为什么要这么做吗?"她问。

"我回头再告诉你,好吗?"我说。

"好吧,自作聪明的家伙。今天就说到这里吧。"她说,"现在到楼下去找霍华德夫人,训练你的专注力。如果你能安静下来,吃过午饭就能回班上参加算术练习。"

"回见啦,伙计们。"我对班上的同学说。我抓起我的尺子,后退着走出教室,就像在用剑对抗千军万马。我一直这样后退,用尺子啪啪地砍着锁柜,然后来到了霍华德夫人的地下教室。

第 5 章　许愿

"我回来了。"我用屁股把门顶开，说道。

霍华德夫人正在给每个人分蛋糕。"哦，见到你太高兴了，乔伊。"她回答道，然后朝我灿烂地一笑，"你来得正好，赶上了哈罗德的生日派对。"

"我最喜欢派对了。"我立刻说道，并朝所有妈妈挥了挥手。她们微笑地看着我，也朝我挥手。我知道，她们在了解我之后肯定会喜欢我的。每个人都是。

"我可以帮忙吗？"我问。

"好啊。"霍华德夫人说。她指着一摞彩虹派对帽，"你可以负责发帽子。"

有的孩子自己会戴帽子，我就没有管他们。有的孩子动作不太灵活，我就去帮他们戴。最后，就连那些妈妈、霍华德夫人和我，都戴上了派对帽，对着哈罗德唱起了一首特别闹腾的"祝你生日快乐"。哈罗德戴着颈托，怎么也吹不灭自己的蜡烛。霍华德夫人把蜡烛递到离他的嘴一寸远的地方，哈罗德使劲地前后摇晃脑袋，嘴里不停地喷出一些小唾沫泡泡，可是小火苗还在燃烧。我们把他团团围在中间，每个人都在为他鼓劲加油，就像蜡烛是炸弹的引线，如果他不把它吹灭，我们就都要被炸成碎片了。哈罗德试了好几次，仍然吹不出风来，只喷出了些小泡泡。蜡烛越来越短、越来越短了，他许的那个愿望，恐怕再也不会实现，而是要在蛋糕的蓝色糖衣上跳动着熄灭了。我使劲盯着他的脸，仿佛能听见他的内心在尖叫。"快！不要傻站在那里。快做点儿什么！"我看了看周围的那些大人，她们都往前探着身子，但一动不动，似乎不知道下一步该做什么。但我知道，所以，一切都看我的了。每个人都希望蜡烛熄灭，我就走上前去，深深地吸了口气，我把气吹出去时，让哈罗德实现了他许的愿望，我想，此刻那顶歪戴着的彩虹帽下面，说不定就有了一罐金子。

大家都抽了口冷气，呆呆地看着我，就像我刺了哈罗德一刀似的。但我是帮了他一个大忙呀。

"我帮你实现了心愿。"我对他说。他使劲晃动脑袋，像一个痉挛的机器人，我看得出来他是开心的。

"看见了吗？"我指着哈罗德的嘴，对大家说，"他在笑呢，因为我帮他吹灭了蜡烛。"

就在这时，霍华德夫人抓住我的手，把我领到了房间那头。"我认为你需要安静几分钟。"她说。她让我坐在那把大安静椅上,读一本书。我根本就读不进去,当我看着那些字母时,它们从纸上嗖嗖地滑走了,就像被打碎的温度计里的一滴滴水银。我不停地要纸杯蛋糕,可是霍华德夫人说:"你最不需要的就是糖分。"她给了我一根胡萝卜。

"怎么回事,医生?"我对她说,一边张着嘴巴,一边把胡萝卜嚼得嘎巴响。

但是她没有回答,因为就在这时,加扎布夫人推开门,带进来一个模样怪吓人的陌生小孩儿。加扎布夫人说,他是从另一个学校转到我们班的,那个学校没有自己的特殊教育班。

我很想回到马克西夫人的教室去做算术练习,可是没有去成。放学后,我走回了家,才发现我把钥匙落在了布告板的软木上。于是我就平躺在门廊上,不让那些坏孩子看见,继续等我妈妈。我下午一直在想她,因为我有件事情想问问她。

她转过街角时,我跑过去迎她,拽住她的胳膊:"我可以问你一个问题吗?"

"等一下。"她说,把她的钱包交给我拿着。

我们走进家门,她脱掉外衣,把那件带漂白粉味的脏兮

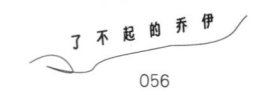

今的工作服挂在卧室的门后,穿上了她的浴袍,这个时候我一直在问:"我可以问了吗?可以了吗?"

"你就让我暂时放松一下吧,顺便跟我说说你的钥匙在哪儿。"她说。我一边跟她说了布告板的事,一边跟着她走进厨房,看着她给自己调了杯酒。她在餐桌旁坐下,打开了报纸,把她的脸藏在巨大的版面后面,就像在看一只巨大的蝴蝶的翅膀。

"可以了吗?"

"先数到一百。"她说。

我数得飞快,就像从特别高的楼梯往下冲,眼睛盯着报纸头版上的一幅车祸的彩色照片。

"可以了吗?"我数到一百后,问道。

"好吧。"她说,"开始问吧。"

"我小时候吃了油漆片吗?"

"没有,只吃过土豆片。"她说,把报纸翻过一页。

"那么,我摔伤过脑袋吗?"我问。

"多半是摔疼了屁股。"她说。

"你怀我的时候,喝酒多吗?"

她顿住了，我看得出来，游戏结束了。她没有放下报纸，所以我看不到她的脸。

"跟平时差不多。"她最后说道，似乎她正坐在离我很远的地方，读着报纸上的什么东西。

"平时是什么样的？"我问，"我不知道平时是什么样的。你知道是什么样的？"我说话时，能感觉到我的心跳一点点地加快，于是我闭上眼睛，把双手压在屁股底下，有时候这能帮助我平静下来，就像我给自己穿上了约束衣。

"吃饭时喝一杯红酒，饭后再来一点儿苦杏酒。"听她说话的口气，就好像她已经把这话说过一百万遍，懒得再说了似的。接着，她就开始反击了。她暂时把报纸放下。"你为什么要问这个？为什么？为什么？"

她问"为什么？"的时候，明明知道我脑袋里的无数个小齿轮都卡在了一起。她明明知道我永远也搞不清楚"为什么？"我的脑子里一团糨糊，永远也厘不清自己要说什么，也永远弄不明白自己的意思到底是什么。我的脑子里有那么多条岔路，把我带到了不知道什么地方。

"今天我们特殊教育班里新来了一个小孩儿。"我说。她

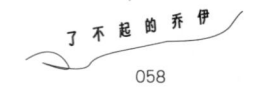

把报纸抖得哗哗响，我的心脏直往上顶，快要跳到嗓子眼儿里了。"我听到一个妈妈说，那孩子'情况很糟，没救了'，因为在他只有花生那么大时，他妈妈喝了太多的酒。他瘦得要命，脑袋特别小，像一个被人踢来踢去的垒球。他什么事也不会做，真的什么也不会。哪怕我最糟糕的一天，也比他状态最好的一天强。绝对是这样。"

"那你就知足吧。"她说，翻过一页报纸，"不要挖空心思把自己的问题怪到我身上来。其他人也喝酒，他们的孩子却是天才。两种可能性都有。"

我仍然看不见她的脸，但我好像能听见她的声音，那声音说："别逼我。现在赶紧闭嘴，转身离开，免得你做过分了，让自己受伤。"

于是我就闭上了嘴，继续吃大碗里的咸味什锦坚果。这时，她放下了报纸，我看见她摊在膝头的报纸上湿了两小块。她在哭，但我不知道是因为她喝得太多，还是因为她跟我一起生活每天都很郁闷。

她抽抽鼻子，又抽抽鼻子，好像两只手交替着用绳子往上拽什么东西，好像要把那东西一直拽回她的眼睛和鼻子里，然后她说:"为什么是我?为什么?我那么努力。"

这个问题我没有答案。但是总有一天,所有问我的"为什么?"会耗光了我的脑细胞,我的脑子会变得像煮鸡蛋一样光溜溜的,我就会一辈子坐在霍华德夫人的大椅子里,像那些陷入昏迷的孩子一样,"为什么"这个词会像一股热风,从我的一只耳朵飘进,从另一只耳朵飘出。我们特殊教育班里有一个孩子,叫科文·克朗普,霍华德夫人叫他"我可爱的小笨蛋",但并没有任何恶意。他基本上不做什么,只是坐在那里流口水,过一段时间,他就会跳起来,去拉那个塑料的火警报警器。他来学校的第一个星期,把走廊里的那个真报警器拉响了两次,于是他们就在特殊教育班里放了一个假报警器,他可以想拉就拉,不会害得全校同学纷纷跑出去疏散,害得消防车呼啸着开过来,后面还跟着尖叫的救护车。科文不停地跳上跳下,就像一直踩着一个弹簧高跷,嘴里说着:"我坏。我坏。"

不,我跟科文不一样。有些日子我可以很好。全天都很好,早上醒来,我心里很平静,就像没有煮开的水一样,我的脚稳稳地踩在地板上,跟任何一个美国孩子没什么两样,然后我睡眼惺忪地走进厕所，美美地冲一个热水澡，把头发洗净吹干，穿好衣服，吃早饭，心里一直想着我今天要干些什么。我想清楚了要干什么，比如看书，见一个朋友，对霍华德夫人说几句好话，或者写一首诗，而我觉得最让我感到惊讶的是，我后来竟然真的做成了这些事。我觉得这太神奇了。我想到了，然后就做到了。其他人大概都是这么操作的，但我通常不是这样。一般来说，我早上醒来，脑子里就有许多弹簧在跳个不停，就像我是在弹球游戏场里，而我就是那个弹球。我从床上弹出去，直接蹿进厨房，一个劲儿地跳来跳去，寻找吃的，最后碰巧从台子上抓过一片面包，腾地从那些软垫凳上跳起来，就像它们是着了火的保险杠似的。我嗖地冲进客厅，冲进厕所，想给自己刷刷牙，可是我刷的多半是我的嘴唇和下巴。然后我又冲出房门，跑过客厅，连续撞到家具，直到妈妈一把抓住我，擦去我脸上的牙膏，把一颗药片塞进我的嘴巴。她托住我的后脑勺儿，把我的脸贴在她柔软的肚子上，就那样保持了几分钟。如果药开始生效，我就会真的平静下来。我把脸挪开，抬头看着妈妈，她微笑着抚摩我的头。如果她心情不错，我们俩都会哈哈大笑，因为太好玩了，就这么一眨眼的工

第 5 章　许愿

夫，我竟然从跳弹兔变成了查理·布朗[1]。这把我们俩逗得开心极了。我多么喜欢她这样来救我呀。我的药发挥了作用，我去上学，好好地坐在座位上，没有孩子骂我"瘦皮"。放学的时候，老师们拍拍我的头，奖励我一些金色和蓝色的箔纸星星，还一个劲儿地夸我。后来，妈妈下班回家，我告诉她今天我的表现有多好，她就会满脸微笑，笑个不停，我就会变得特别激动，跑去给她调一杯苦杏酒。然后她还是笑个不停，说我是她的小天才，是她的超级聪明的小宝贝，我们俩都哈哈大笑。

[1] 查理·布朗，美国漫画《花生漫画》的主人公，是一个忠诚善良，对任何事情都全力以赴的正面角色。

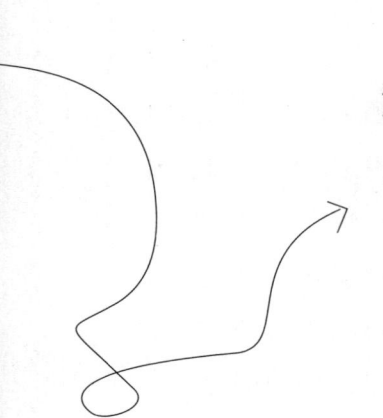

第6章
谁？

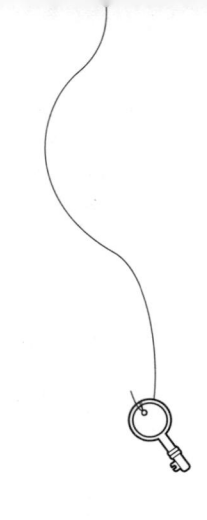

那天我的开头很棒。所有四年级和五年级的同学都要外出活动,去阿米什农场参观。我们得有一百人左右,因为两辆长长的橘黄色校车都坐满了。我早上吃的药起了作用,我坐在靠窗的座位上,美美地看着窗外那些汽车、房屋和田野从旁边飞过。马克西夫人正忙着照顾其他孩子,我就跪在座位上,把脑袋探出上面的窗户,感受着风飞快地呼呼吹过我的脸,使我脑子里的一切都静止不动了。这是我那天最精彩的部分:像一只狗似的把脑袋伸到车窗外。

下了校车,马克西夫人、迪伯斯夫人、另外两位老师和一帮妈妈指挥我们排好了队,马克西夫人给大家训话,说什么"要尊重其他文化的不同习俗,不许指指点点,不许嘲笑或说一些难听的话,不然就坐到校车上去。听懂了吗?"我们也许听懂了,也许没听懂,谁也搞不清到底是听懂还是没听懂。训话结束后,我们就排着队朝农舍前的台阶走去,就像一大队浩浩荡荡的穿着衣服的蚂蚁。

"停。"我们走到台阶前时,迪伯斯夫人大吼一声。她说"停"可不是闹着玩的,因为她的头发剪得超短,魁梧的身体上顶着一颗大脑袋,那腰可粗了,你根本绕不过去。每当她的大脑袋左右扭动时,我都以为它要顺着她的塌肩膀滚下来了,就像一块石头从山上滚下来一样。

两个衣着整洁的阿米什姑娘走了出来,她们穿着蓝色的长裙,系着浆洗过的白围裙,说道:"欢迎欢迎。阿米什人从十八世纪起就生活在兰开斯特县了。我们保持着过去的传统。请跟我们进来,看看我们简单而质朴的生活方式,看看我们的手工制品和厨艺。"

这时我突然想到,如果我和奶奶一起生活的时候,让孩子们到我家里去参观,那会不会很好玩。我们会走出前门,招呼道:"欢迎欢迎。我们家看上去就像刚遭了一场龙卷风。像我们一样进去乱跑,玩个痛快吧!"

第 6 章　谁?

两个阿米什姑娘领着我们穿过门廊,那里有一排摇椅,我排队等着进去时,就在那些椅子间跑来跑去,把每张椅子都使劲推了一把,这样一来,就像有一群幽灵坐在摇椅里似的。后来一个妈妈看了我一眼,指了指队伍的最后面,意思是我已经不在队伍里了。

终于,我走进了前门。在旁边的一个大房间里,有一群头上戴着手帕帽的老太太。她们像暴风雨过后的蘑菇一样聚在一起,手工缝制一条大被子,被子中间有巨大的向日葵星星。在另一个房间里,有女人在钩地毯、做绒绣,那些妈妈都大呼小叫地惊叹着,像在看放烟花似的,我却再也听不进这些内容了,因为我闻到一股特别香甜、特别好闻的气味,从大厅那头飘过来。我只闻了一下,就没法再去注意别的任何事情了。我们又经过了几个房间,我根本不关心阿米什人是在玩纸牌魔术还是在刮胡子。我的眼睛里蒙了一层泪水,那气味使我脚步踉跄,活像一具僵尸。

经过一大堆非常礼貌、非常无聊的提问和回答后——都是关于阿米什人生活的,一个阿米什姑娘领着我们走完整个大厅,走进了一间特别大的厨房。这个时候,那香味已经变得那么强烈，我觉得我的鼻子都膨胀了，而且越胀越大、越胀越大，我只好伸出两只手去摸了摸，生怕它像匹诺曹的鼻子一样变长了。还好，鼻子还跟原来一样大，但那香味太诱人了，我怎么也闻不够，不停地张着嘴大口吸气，就好像能把空气吃进去似的。

"在这间典型的阿米什厨房里，每种食物都是用大自然提供的原料做成的。"一个姑娘说道，"我们制作黄油和奶酪，面包和饼干，果酱和果冻。但是最出名的，是我们的糖浆桑樱咸籽馅儿饼❶。"

一开始我以为自己听错了。"用苍蝇、鞋子和糖浆做的馅儿饼？"我对塞斯说。

"我猜肯定很好吃。"他说，"你应该多加几只苍蝇。"

"是啊。"我说。我只顾想着那个馅儿饼，那姑娘说的阿米什人的烹饪秘诀我一个字也没听见。用鞋子和苍蝇做的馅儿饼，这想法把我给吸引住了。说实在的，哪怕他们用臭袜子和毛毛虫做馅儿饼我都不在乎，只要做出的馅儿饼有这么好闻，

---

❶ 桑樱咸籽馅儿饼，原文是"shoofly pie"，是阿米什特有的一种食物。英语原文读起来与"鞋子"（shoe）和"苍蝇"（fly）类似，所以乔伊产生了误会。

我都愿意吃。我光是站着不动，那股香气就让我感到头晕了。我做了个试验，闭上眼睛，深深地吸了口气，但我不得不赶紧睁开眼睛，因为我撞在了塞斯身上，他使劲把我推回来，还骂我傻瓜。等我恢复了平静，就听迪伯斯夫人说道："好了，大家排好队，领一小块桑樱咸籽馅儿饼，然后我们就去花园，接着再去谷仓。"

我排队时一心只想着鞋子和苍蝇。我排在队伍的后面，没有看见前面的孩子把馅儿饼吐出来，所以肯定很好吃。我扑通跪下来，想看看阿米什姑娘们穿的是什么鞋子。她们可能有某种特殊的传统鞋子，我不知道。也许她们的鞋子是用甘草或冰糖做的。可是她们的裙子太长了，我看不见她们的鞋子。这时，一个妈妈严厉地看了我一眼，一把揪住我的衬衫后领，把我拽了起来，就像我在偷看她们的裙底似的。

"年轻人，注意你的行为。"那个妈妈扬起眉毛，说道。

"我只是在做研究。"我反驳道。

快轮到我时，马克西夫人把我叫到一边，轻声说："那个馅儿饼对你没好处，乔伊。里面糖分太多了。你最好只吃水果。"

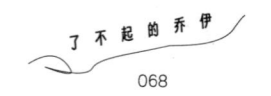

她一定看见了我脸上委屈的表情,因为我藏不住。我感觉自己整张脸变成了一张被揉皱的纸。然后她伸出手,递给我一张白色的小餐巾纸,上面放着一片苹果,边缘已经发黑了。

"加了肉桂。"她说,"很好吃的。"

"我不想吃这个。"我回答,"我想吃'鞋子苍蝇馅儿饼'。"

"不要无理取闹。"她坚决地说,"我们都是为了你好。"

她不想再多说了,因为其他孩子都开始聚集在后门口,盯着我们看。

"好了,快走吧。"她对孩子们说,"如果已经吃完了馅儿饼,你们就去南瓜地里,雕刻——"

她突然顿住了话头,就像在我面前说了什么错话,就像她想把这句话用字母拼出来——大人们如果有什么秘密不想让不会拼写的小孩子知道,就是这么做的。我拿起那片苹果,放在裤子后面的口袋里,心里纳闷儿地想,她本来要说雕刻的事,但为什么没有说完呢?

我很快就弄清了。几分钟后,我们都来到了南瓜地里,可以把小南瓜从藤蔓上摘下来。阿米什姑娘们把木头柄的雕刻工具发给我们,所有孩子都在野餐桌旁坐下,妈妈们围在身边辅导他们。

我跑到阿米什姑娘那儿领工具,可是马克西夫人冲到了我跟前。

"乔伊,你不能拿那把刀子。"她说,"太危险了。"

我看着刀子。刀刃又短又秃,只有大约两厘米长,一点儿也不锋利。它更像一把安全剪刀。

"不危险呀。"我说,"而且我妈妈还让我切面包什么的呢。"

"我们只是不想让你把自己弄伤。"她平静地说。

"我也想刻一个南瓜。"我说。

"你可以画南瓜呀。"她提议道,然后递给我一支黑色的大粗笔,"我们画完了再雕刻。我保证。"

"我现在就想跟别人一起刻。"我说,把刀子藏在了背后。

"待会儿再说。"马克西夫人说,"妈妈们都在忙着帮助别的孩子呢。"

"就现在!"我喊道,握紧了两个拳头,感到全身的力量都在奔涌,似乎世界上没有任何东西能阻止我做我想做的

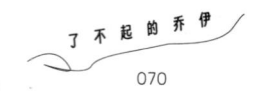

事情。

"把刀子给我。"她命令道,朝我伸出了一只手。

"不。"我说,接着退后一步,把刀子使劲扔进了南瓜地里。

"我认为你应该到车里去反省反省了。"她对我感到厌烦了,说道,"如果你能乖乖地坐十分钟,让自己平静下来,就可以回到这里,画你的南瓜。"

"别人都能刻南瓜。"我指着其他孩子说,他们拿着并不锋利的儿童小刀,在南瓜上刻出吓人的大眼睛和牙齿。

"我们只是不想再出意外了。"她说,然后指着房子前面的校车,"好了,听话,直接到车里去。我会在这里看着,等我们准备去参观谷仓的时候,我来接你。"

我转过身,气呼呼地顺着农舍往回走,那一刻,我真想一路走回家去,拿出我的刀子,自己刻一个南瓜。但是我感觉到马克西夫人正用眼睛盯着我的后脑勺儿,我就没有那么做。我经过一扇窗户时,又闻到了那股馅儿饼的香味。我扭头看了一眼,有个孩子正拉着马克西夫人的衣袖跟她说话,于是我没有走回家,也没有去坐校车,而是偷偷绕到了农舍的前门。那些缝被子的女人还在干活儿,我就三步并作两步飞快地走到了厨房。阿米什姑娘们都在外面的花园里,厨房里没人看守,我从桌上抓起了一个完整的"鞋子苍蝇馅儿饼",不知怎的,我突然就想这么做。这个时候,我双脚移动的速度已是一分钟一米了。我打开一道侧门,蹿出去离开谷仓,朝玉米地跑去。我猫着腰,在两垄高高的玉米秆之间往前跑,最后,周围除了玉米什么也看不见了。我坐下来,把一根手指像刀子一样直接插进了馅儿饼的焦壳,在馅儿饼上"刻"出了一张支离破碎的万圣节怪脸。"刻"完后,我把手指放进了嘴里。

真甜啊,甜得像我在邓肯甜甜圈店里吃过的小糖包,也许还要更甜,更像是直接对着瓶子喝的小木屋煎饼糖浆。妈妈只要把那瓶子放在台子上一秒钟,就被我偷袭了。而且,馅儿饼几乎像糖浆一样稀。它不像食堂里的樱桃馅儿饼那样是凝固的。于是我揭开顶上的硬壳,先把它给吃了,然后用手指在馅儿饼里搅来搅去,想找到鞋子和苍蝇。可是馅儿饼里只有糖浆,我觉得自己上当了,却又搞不懂是怎么回事。然后,我不停地弯起两根手指插进馅儿饼,再把手指舔干净,我越吃越想吃,越吃越快,别的什么都不重要了。哪怕真的有苍蝇粘在我的手指和嘴唇上，哪怕有风呼呼地吹过玉米秆，哪怕头顶上传来孩子们刻南瓜时的说话声。什么都不重要了。我一门心思吃馅儿饼，美美地品尝热乎乎的糖浆在我的舌头上融化，再像一条黏糊糊的糖蛇似的游进我的肚子。快要吃完时，我把那个锡饼盘从中间折起来，一仰脖子，把最后几滴褐色的糖浆也倒进了嘴巴。最后我像一只狗似的把盘子也舔干净了。全部吃完后，我的脑子里一团糨糊，两条腿不停地摇晃。我真想绕着整个地球跑上一圈。

我脑子里有一种奇怪的声音，嗞嗞的，就像夜里电视台的节目停止了，只有静电声，但是那静电声特别响，也不说任何话，只是越来越响，就像轮胎飞驰过一条潮湿的路，突然开到了我面前。我突突跳动的脑袋里奔涌着能量，眼睛好像都肿了，我只能看见我鼓起的面颊和一团模糊的鼻子，鼻子以外更是一大片模糊。我深深地吸了口气，空气冲进我的肺里，把我提升起来，我突然就开始奔跑，在玉米地的秸秆间横冲直撞。我的胳膊像飞机翅膀一样张开着，长长的、弯曲的玉米叶划破了我的皮肤，但我感觉不到刺痛。我感觉不到我的脚在撞击地面。我脚下一绊，摔倒在地，胸口撞在玉米秸秆和土坷垃上，我也感觉不到震动。我腾地跳起来，继续往前跑。我跑得那么快，呼吸那么急促，似乎能从玉米地里悠悠地飞起来，飞到蓝色的天空，飞入高高的云端，然后看着下面的农场和校车，看着孩子们和马克西夫人，马克西夫人正抬头指着我呢。

我还没来得及放慢速度，就突然冲出了玉米地，从那里朝谷仓跑去。谷仓有一扇大门敞开着，我就跑了进去。我并没有对自己说"看见那梯子吗？往梯子上爬"。是的，我还不知道有梯子就爬上去了，一直爬到那些粗粗的木料上，它们都变了形，在我眼里就像是蛇和梯子。我从倾斜的房梁上滑下来，再爬上别的房梁，敏捷得如同椰子树上的一只猴子。我脑子里的弹簧绕得太紧了，我更像是迷宫里的一只老鼠。我心里没有任何语言，没有任何感觉，我不知道自己是谁，也不知道自己在做什么，只有"跑，跑，跑，上去，上去，上去"，越来越快，越来越高，最后我的上面只有屋顶和一只猫头鹰，是那种雪白的大猫头鹰，它有一双黑色的大眼睛和一个钩状的喙。这时我才停了下来。

"谁❶？"猫头鹰说，"谁？"

我回答道："是我，乔伊·皮格扎。"

"谁？"它又说，眼睛一直盯着我的脸，不知怎的，这就像有人问我为什么吃了馅儿饼，为什么跑到了谷仓里的屋顶上。还没等我反应过来，我脑子里的齿轮开始转动了，我身体里的所有能量都去了别的地方。我一动不动地坐着，像一个挡书板，从房梁上往下面看。地面离我很远，上百个特别小的四年级和五年级同学抬头指着空中，有个人在大声喊我的名字。是马克西夫人。

"乔伊。"她嚷道，并把双手举在头顶上拼命挥舞，就像她遇到了麻烦，"乔伊，不要动。我们这就来接你。"

几分钟后，我这辈子见过的最大的一把梯子被竖在了马车后面，一个留着长长的白胡子、戴着大黑帽子的老人正往上爬，似乎他是阿米什人的圣诞老人。

"别担心，孩子。"他说，"待着别动。那只猫头鹰不咬人。"

---

❶ 在英语里，"谁（who）"的读音跟猫头鹰的叫声相似。

"我也不咬人。"我说，从脑子里挤出了这几个字。我站起来，开始在那根大横梁上走，下面的人看上去都那么小，他们都在嚷嚷着叫我坐下。但是我不想坐下。在这世界上，我最不想做的事情就是坐下。我一直往前走，穿过了巨大的谷仓，最后下面是一大堆干草包。在我看过的数不清的电影里，都有小孩子掉进干草里被弹得跳起来，然后一骨碌跑开，所以这跟表演特技或跳进一堆枯树叶里没什么两样，于是我大喊一声："杰罗——尼——莫❶！"就跳了下去。

最精彩的部分是在空中，我扭来扭去，像在跳草裙舞，不让自己的脑袋先落地。我脚朝下掉进了干草里。干草不像电影里的那么软，而是特别硬，感觉就像什么东西砸在了我身上，而不是我砸在它上面。它甚至不像枯树叶什么的能让我陷进去。我感觉更像是落在了一个巨大的针插垫上，每次弹起来落下时，都又被戳了一百多下。但比起我的脚踝来，这些都不算什么。我想站起来时，脚踝钻心地疼。肯定是扭伤了。我没法逃跑，就想爬着溜走，可就在这时，另一个老农夫扑向了

---

❶ 杰罗尼莫，美国西南部阿帕切的印第安领袖。

我。"我抓到他了。"他朝那些正在走过来的人吼道。

"乔伊,"马克西夫人一边朝我跑来,一边说道,"你这是怎么了?"接着,她肯定是看到了我脸上和衬衫上的糖浆,猜出了事情的经过。她脸上先是怒气冲冲,当老农夫把我放在地上,我因为脚踝疼而倒向一边时,她立刻又担心起来。

"让我看看那个脚踝。"她说,然后紧张地用手指脱掉了我的鞋子。真疼啊,我的脚踝有点儿肿,颜色看上去也比平常黄了一些。

"哦,乔伊。"她叹了口气,想摸摸我的骨头断了没有,"我们现在该怎么办呢?"

"我不是故意受伤的。"我说,"我只是想跳进干草里。"

"我知道。"她说,"可是,你认为自己在做的事情,跟实际发生的事情,总是存在差异的。"

我抬头一看,发现玛丽亚·多姆布罗斯基正在一个小本子上写我的名字,因为马克西夫人叫她记下每一个"不守规矩"的同学。这个时候,其他人,包括老师、家长和阿米什人,全都盯着我看,就像他们在逛动物园,而我是关在笼子里的动物。

第 6 章 🔑 谁?

"我没事。"我说,从马克西夫人手里抽出我的脚,站了起来,"只是我的鞋子不再合脚,可以给他们拿去做馅儿饼了。"我指着那些阿米什姑娘,她们捂着嘴,咯咯地笑了起来。接着大家都放声大笑,除了马克西夫人。我想她是没听懂这个笑话吧。

第7章
资优生

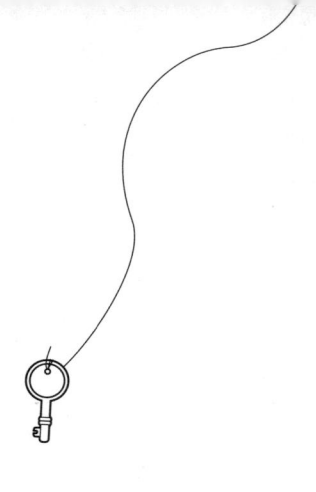

上午，马克西夫人去开会了，我们班来了一位代课老师，叫亚当斯小姐，她不了解我的情况。幸亏如此，因为在外出活动之后，马克西夫人说，她要我、霍华德夫人、加扎布夫人、我妈妈和校医霍利菲尔德都坐在一起，严肃地开一次会，讨论我的"下一步"。我知道她说的不是我的脚踝。这点我可以肯定。

既然马克西夫人没有露面，我就不用担心可能会有什么麻烦了。眼前正在发生别的事情呢。亚当斯小姐点名之后，教室里的喇叭播放通知，叫所有资优生[1]计划的同学都到大礼堂

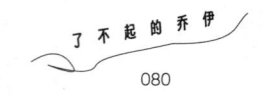

---

[1] 资优生，在美国，指具有某种技能或特长的在校学生。一般来说，资优生的共同特征是：智力较高、学习成绩优秀、思维活跃，具有优秀特质。

集合，听一场特别的报告。几个同学站了起来，我也起立，跟着他们走出了教室。玛丽亚走在队伍的最前面，我走在最后，所以她没有看见我，不然准会告发我。

我知道，如果加扎布夫人看见我，肯定会因为昨天的事生我的气，说不定还会把我打发到霍华德夫人那儿去，所以，我没有走大礼堂的正门，而是绕到了侧门，那扇门通往舞台后面。我以前进去过，当巨大的天鹅绒幕布拉开的时候，我喜欢藏在舞台一侧的幕布褶缝里。我可以在那里站一辈子，被柔软的蓝色天鹅绒包裹着，就像一条裹在茧子里的毛毛虫。

我踮着脚尖走到舞台后面，悄悄溜进幕布的一道褶缝，一动不动地站在那里，灰扑扑的天鹅绒刺得我鼻子痒痒的。

没过多久，加扎布夫人就向大家介绍了一个名叫柯尔夫人的女人，她写过一本书，讲的是"品德决定命运"，这是加扎布夫人最喜欢的一句口号。接着她向柯尔夫人介绍了那些资优生，说他们是一群非常特别的孩子。"出类拔萃。"她这么评价他们。

柯尔夫人非常兴奋，她像电视上的讲道者一样说起话来，声音很响，情绪激烈。"特殊人才要为那些运气欠佳的人做一些特殊贡献。"她大声说,"这是资优生的一项重大职责。"

她也在间接地对我说话。我知道我从来都不是资优生中的一员。这是事实。但我是特殊人群中的一员呀。我妈妈说我很特殊,校医说我很特殊,而且我还在特殊教育班里。所以,我仔仔细细地听她说话,很喜欢她说的内容。她说,因为我们是特殊的孩子,就必须把我们的聪明才智用于造福全人类。"你们可以这样想。"她说,好像在透露一个天大的秘密,"这个房间里所有人都具有某种力量,可以让这个世界变得更好。你也许能发明电脑之类的东西;发现治疗艾滋病的药物,拯救千千万万条生命;也可以像特雷莎修女那样,致力于帮助那些孤苦无助的人;也许,你可以成为美国总统,成为优秀领导人的楷模;或者,你可以贡献你的时间和精力,创建一个更好的社区。"

她继续侃侃而谈,她说,特殊的资优生有责任引领其他人,如果我们每个人都保证成为世界上的一股正能量,那么这个世界对每个人来说都会变得更好。"一切从我做起,从现在做起。"她说,"因此,我希望你们今天完成一件特殊的事情,为同龄人树立一个榜样,证明'品德决定命运'。"

大家热烈鼓掌，但我不敢，我只是让眼皮飞快地上下眨动，算是在偷偷地鼓掌。我已经在考虑我今天要做一件什么事，能让世界因为我——乔伊·皮格扎，而变得更好。

散会之后，我不想回教室，就蹦蹦跳跳地来到医务室，让校医检查一下我的脚踝。我在舞台上站了那么久，脚踝开始一跳一跳地疼。我知道没什么大不了的，但这种跳疼让我有理由去找校医，她每次见到我都很高兴。

我一只脚上穿着正常的鞋子，那只扭伤的脚上穿着霍华德夫人给我的兔八哥拖鞋。校医看着我的脚踝，又用手捏了捏，把它前后转了转。"没什么问题。"她说，然后用拳头蹭了蹭我的下巴，"吞钥匙比这更糟糕。"

"我可吞不下我的脚踝。"我开玩笑说。

"天哪，但愿如此。"她说着，大声地笑了，"不然，我认为交给大自然也不会管用了。"她从金属柜里掏出一卷布绷带，把我的脚踝紧紧地缠了起来，我感觉好多了。"你可以留着这卷绷带。"她说，"暂时还用得着。"

"好的。"我说，"我还在想，等万圣节的时候，我要用它把自己裹成一具木乃伊。你还有绷带吗？"

"我有一些旧绷带。"她说,"我们还是先把你的脚踝治好,再把你裹成木乃伊吧。好吗?"

"好的。"我同意了。我喜欢同意别人的话。我喜欢校医,我认为她做了许多不一般的事情,于是我压低声音告诉她,我偷偷溜进大礼堂听了资优生的讲座。"柯尔夫人叫我们今天做一件真正的好事。"我告诉她。

"我认为这是一个很不错的主意。"霍利菲尔德夫人压低声音回答,"那么你打算做什么呢?"

"我还在考虑呢。"我说,"会有想法的。"

"好的,继续考虑吧。"她说。

"我会的。"我回答,然后就站了起来。只要我走成一条直线,不让那只脚往左扭或往右扭,就疼得不厉害。

"再见啦。"她说。

吃过午饭,我没有出去休息,而是回到了教室。我想出了改变世界的新点子,想赶紧开始做,虽然我能感觉到药性在消失,每次吃完饭之后都会这样。

马克西夫人回来了,正坐在她的讲台上填写一些表格。

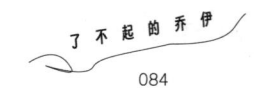

"嗨。"我说,"你今天上午过得好吗?"

"很好。"她回答,然后又问,"你的脚踝怎么样了?"

"好些了。你发现你的讲台抽屉里多了什么东西吗?"我问。

"发现了。"她说完,笑眯眯地看着我。

我抬起下巴,也冲她露出微笑。

"似乎我的一个秘密崇拜者在我的抽屉里给我留了一片肉桂苹果。"

"你能猜到那个好心人是谁吗?"

"我猜就是那个今天下午表现特别棒的孩子。"她说。

"我也这么想。"我回答。

"你知道,我们还是需要谈一谈。"她说,脸上仍然带着笑,"你昨天确实失控了。"

"是的,但我已经改变了。我偷偷溜出去,参加了资优生的集会,现在我准备为全世界做一件了不起的事。"

"偷偷溜出去?这根本不能让我相信你已经改变了。"她回答。

"是啊,但我只违反了一个小规矩。"我回答,"现在我能为世界做一件大事。"

"真的吗?"她问,"你打算做什么呢?"

"我要做一百万张保险杠贴纸,贴在汽车上,上面写着'家庭拒绝仇恨'。我妈妈上班时看到过一张,说她希望有一百万张这样的贴纸,贴在全世界的每一辆汽车上。"

"那真是太周到了。"她说,"但我认为你不应该往别人的车上贴东西。"

"我不贴。"我说,"让我妈妈贴。我得开始干活儿了。我只有几分钟的时间,大家很快就要回来上课了。"

"好吧,到教室后面去,用那些美术工具吧。"她说,"只要你专心去做,我相信你能按时做出一百万张来。"

我就走到教室后面,拿了一张厚厚的、写布告用的硬纸板。我不慌不忙地在上面画出宽宽的直线,在每道直线之间,都用大写字母写上保险杠贴纸的口号。为了吸引大家的注意,我还拿起一支荧光标记笔,标出了"仇恨"这个词的轮廓。完成之后,我把硬纸板举过头顶。"马克西夫人,看。"我喊道。

她从文件上抬起头,朝我竖起了两个大拇指。她偷偷朝我眨了眨眼睛,微微一笑,因为我虽然让人头疼,但是非常特殊、非常聪明。每个人都这么说。

"字写得很漂亮。"她说,"好样的,乔伊。"

"好样的,乔伊。"这句话在我脑海里一遍遍地回响。我太喜欢听这句话了,不想再听到别的话钻进我的脑子。永远。我只想听这五个字:好样的,乔伊。

我突然想起我必须赶紧弄完。我拿起安全剪刀,开始把硬纸板剪成一条条的贴纸。可是硬纸板太厚了,剪刀不停地滑到一边,我越是使劲地剪,我的手指就越疼。

上课铃响了,孩子们开始从操场上拥回来。我想快点儿剪完我的保险杠贴纸,正好这会儿马克西夫人离开了讲台,去走廊里维持秩序,不让同学们乱跑。我就趁这工夫,偷偷溜到她的讲台前,打开最上面的抽屉,抓起了她那把秘密的、特别锋利的教师剪刀。

我手里拿着剪刀,想冲回去剪贴纸,就在这时,事情发生了。我被兔八哥拖鞋上那只愚蠢的耳朵绊了一下,身体像是悬空着冲了出去,那把完全张开的剪刀举在我面前,像一只大坏鸟的尖嘴。就在这节骨眼儿上,玛丽亚·多姆布罗斯基像个安全巡逻警似的,从侧面横穿过来,说道:"慢点儿。"但我没有放慢速度，我的手撞到了她的脸颊，身体摔倒在了过道里。

我以为发出尖叫的是我，因为那声音太响了，我想肯定是从我嘴里喊出来的。然而不是我。我跳起来，一时间不知道发生了什么事。她的鼻尖被剪掉了，站在那里发抖，眼睛睁得溜圆，就像把手指插进了电门里似的。哦，太可怕了。玛丽亚的嘴张得大大的，却没有发出半点儿声音。我盯着她的眼睛，里面装着那么多的恐惧，我顿时就失去了理智，变得比玛丽亚还要崩溃，也比后面进来的马克西夫人还要崩溃。一个孩子跑去告诉了她，马克西夫人飞一般地冲进了教室。我一个劲儿地尖叫："对不起！对不起！"同时一遍遍地拍打，想把她的鼻尖拍回原处，似乎它能自己粘上，血能止住，伤口能消失，我能跑回去做我的贴纸，它能让世界变得更好。❶

马克西夫人把我从玛丽亚身边拽开，我像个陀螺似的转着圈儿，从一张桌子跳向另一张桌子，嘴里喊着："对不起！对不起！"马克西夫人把剪刀从我手里拿走，我拼命想把它抢

---

❶ 这是乔伊患病，无法控制自己行为下的错误举动。切勿模仿。

回来，因为我想把我的整个鼻子都剪下来，交给玛丽亚，就为了表示我的歉意。可是马克西夫人不让我拿到剪刀，她不停地喊道："停！停！到你的角落里去。"可是我完全昏了头，根本分不清角落、圆圈和广场了。很快，霍利菲尔德校医就赶到了，拿来了好长好长的纱布和白胶带，开始用冰块帮玛丽亚包扎鼻子。哦，我就像是着了火似的，一个劲儿地乱蹦乱跳，接着我听见了救护车的声音，接着校长也来了，把她的外套披在玛丽亚的肩头，把她火速带出了教室。相信我吧，那感觉太糟糕了，每个人都盯着我看，似乎我是一个杀人狂魔。我不知道还能做什么，就在自己的课桌旁坐下，扯下兔八哥拖鞋上的两只耳朵，塞进了口袋里，等待着可怕的事情发生。它果然发生了。

马克西夫人正忙着清理那一片混乱，安抚班上的同学，加扎布夫人回来了，她外套上沾着血迹，用手指着我。

"乔伊，"她站在教室前面说，"拿上你的东西，跟我来。"

我扯出我T恤衫的下摆，把我课桌里的东西都堆在上面，用手抱着往外走。"我会回来的。"我扭头对大家说，因为他们仍然呆呆地盯着我，一副很害怕的样子。"我会回来的。"

我边走边哭，眼睛里都是泪水，什么也看不清，那倒霉的脚踝又在作痛，我的肩膀一下子撞在门边，胳膊开始抽筋。我松开了T恤衫的一边，我的东西一股脑儿地全掉在了地上。我转身看着马克西夫人，她只是咬着嘴唇，我似乎能看出她其实希望我留下来。她知道我不是故意伤害别人的。我们四目相对，我说："我是个好孩子。我只是吃了假药。"她皱了皱眉头，然后把目光转向全班同学，说道："现在我希望大家平静下来，深深地吸一口气，再慢慢把它吐出来，然后准备做一些算术练习。"

"算术练习是我的强项！"我喊道。

可是，加扎布夫人已经把我的东西都捡起来了，她抓起我的手，似乎这也是我的一件东西，然后领着我穿过走廊，朝校长办公室走去。

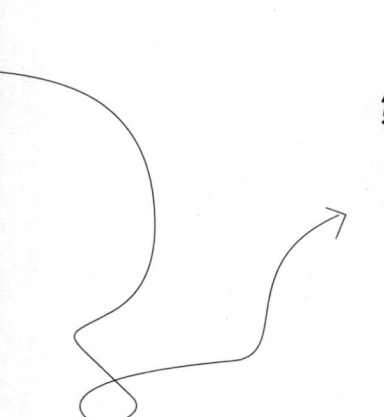

第 8 章 停课

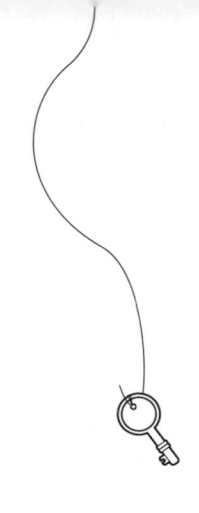

"他伤害自己是一回事……"加扎布夫人一边对我妈妈说,一边把一盒纸巾推到她面前。我妈妈抽了几张。她指甲油的颜色变了,变成了鲜红色,我刚才想把玛丽亚的鼻子按回去时,沾满鲜血的指尖也是这个颜色。

我们坐在校长办公室里。加扎布夫人把我拖出教室后,我就一直在这里。我妈妈在美容院里接到电话赶来,身上还穿着白色工作服,胸前绣着她的名字,弗兰。她借了一辆车,火速赶到这里时,玛丽亚刚被救护车送走,妈妈擦着脖子周围的汗,上气不接下气。

"我相信这只是一场意外。"我妈妈回答,把一团沾湿的纸巾放在桌子边缘,"孩子就是孩子。发生这种事情也是难

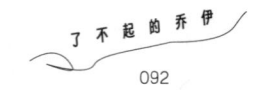

免的。"

加扎布夫人从盒子里抽出一张纸巾,用它包起妈妈用过的纸巾,就像在捡什么脏东西似的。她把纸巾扔进了垃圾桶。"这件事的情况很特殊。"加扎布夫人敲打着我的档案,态度坚决地说,"乔伊过去就伤害过自己,也伤害过其他人。"

"我了解他的历史。"妈妈说,"我是他的母亲,没有人比我更了解他。过去虽然有过一些麻烦,但都是意外事故。乔伊不是一个坏孩子。"大量的汗水从她脸上流淌下来,似乎玛丽亚的事情让她非常烦恼。

"我不认为这是一场意外。"加扎布夫人回答,"让我担心的是,乔伊引起的事故太多了。"她打开我的档案,"让我列举一下单单这个学年里发生的……"

"跳过这个吧。"我妈妈说,听上去有些生气,就像上班时受到了别人的指责。

"好吧,请别忘记,我们跟你说过他以前的行为……"

我开始问妈妈有没有带我的药,但她拍了拍我的腿。"暂时先听着。"她小声说。

"……我最后一次还提醒你,"加扎布夫人继续说,"如果我们这里没有能力帮助乔伊，就只能考虑去市区的特殊教育学校做深入的心理辅导，他在那里能得到所需要的关注。"

"这些我都清楚。"妈妈说。但我却是第一回听说。

"什么是特殊教育学校？"我突然说，"什么——"

"亲爱的。"妈妈打断了我，"暂时先听着，由我来说话。"

加扎布夫人已经把纸巾盒拿走了，妈妈伸手去拿自己的小包。她把小包打开时，我闻到了化妆品、口红和香水的气味，特别是香水，我真想扑到她腿上，把我的脑袋埋在她的脖子里。她总会在脖子那儿抹一些特别香的东西，我闻着那香味，就会想象自己跟着它来到一个安全、柔软、温暖的妈妈的怀抱，她能保护我不受任何坏东西的伤害，我也能保护她。

"乔伊，"妈妈说，"乔伊。"她很快地掐了一下我的大腿，我才猛地醒过神来。

"啊？"我说，我睡意蒙眬，就像刚刚醒来，还想接着再睡，"什么？"

"加扎布夫人想听你说说事情的经过。"

"哪件事情？"我有点儿惊慌地问，因为我突然意识到，

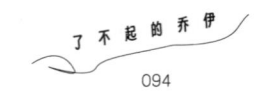

她们已经讨论了一段时间，而我根本没听见她们在说什么。

"快告诉她。"妈妈说，这次语气比较温和，因为她知道我刚才走神了，"关于剪刀的事。"

"是啊，跟我说说吧，乔伊。"加扎布夫人说，她满脸的慈祥和温柔，似乎在这世界上她只想听听我和剪刀的事。

于是我告诉她。"我在做保险杠贴纸，为了我和妈妈能够改变世界。结果我的安全剪刀太小了，剪不动硬纸板，我就从马克西夫人的讲台抽屉里拿出了她的剪刀。我往回跑时，玛丽亚突然跳到我面前，就在这时，我被拖鞋的耳朵绊倒了。我向前摔了出去，站起来之后，大家都说我剪掉了她的鼻尖。"

我说完后，妈妈盯着自己的膝盖，加扎布夫人在一个记事本上飞快地写着什么。后来她不写了，抬起头来。

"明天让他留在家里。然后会有市区特殊教育学校的校车来接他。我们需要一天时间来处理文件手续。"

"好的。"妈妈说，"但这是暂时的，对吗？"

"他弄伤了一个同学，必须停学六个星期，接受强制性的心理辅导。这是学校的政策。不过根据乔伊的记录，他迟早都是要去特殊教育学校的，这也可以说是因祸得福。现在就取决于他了。"

我们离开了校长办公室,没有再说什么。在走向汽车的路上,我的眼睛一直盯着地面,想看看能不能找到玛丽亚的血迹,或者她掉落的鼻尖。我想,如果我能把鼻尖找到,她就会原谅我,我的麻烦就不会那么大了。突然,我好像看到了,赶紧弯腰去捡,抓住了一个圆圆的肉色的小东西。然而,它只是一个用过的圆形创口贴。我妈妈一把将它从我手里夺了过去,直到这时,我才意识到她也在生我的气。顿时,我的心似乎也像我的腿一样失去了控制。我一直以为她是跟我站在一边的,因为我跟她站在一边。可是,她大概也已经放弃了我。我没有再说什么,我怕她也会像其他人那样来教训我。

我们默默地开车回家。后来车子驶进了汉堡王的免下车通道,妈妈才又开了口。她没有问我想吃什么,就给我们俩点了餐。我们从侧窗拿到食物后,妈妈把车拐过一个弯,停在街上的一片树荫下。

"我想跟你谈谈。"她把食物递给我,说道,"我已经尽力了。"她说,"这点你能理解吗?"

"能。"我回答道,"我知道都是我的错。闯祸的人是我,

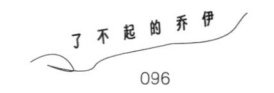

不是你。"

我开始吃我的炸薯条。先吃尾巴,再吃头,把中间的放在一边。中间的咬着不脆,所以我把它留到最后,当成蔬菜来吃。

"你脑子不笨,也没有闯祸。"妈妈说,"不要那么想。"

"别人都那么想。"我说,不敢看她的脸,"他们还叫我'低能儿'。所以,说实在的,闯祸比'低能儿''脑子有毛病''笨蛋瘦皮'什么的好听多了。"

妈妈只是用一团餐巾纸捂住了眼睛,肩膀往前一耸一耸的,我知道她在哭,我曾经无数次看到她躲着我偷偷地哭。

"我是为了你而振作起来的。"最后,她擦了擦鼻子,说道,"你还是个婴儿时,我的状态一塌糊涂,就离开了你。但是我太爱你了,就振作起精神,回到了你身边。现在你必须为了我振作起来。"她说,"轮到你了。这是你欠我的,也是你欠自己的。如果你现在再不振作起来,我不知道接下来会发生什么,肯定只会越来越糟,比你以前发生过的任何一件事都糟。"

我知道她说得对。"我要去一所可怕的特殊教育学校了。"

我最后说道。我把脸埋在她的肩头时,已经哭了起来。

"只是暂时的。"她一边说,一边揉了揉我的脖子,"他们很快就会看到你是一个多么好的人,就会把你送回来了。"

第 9 章
坏孩子

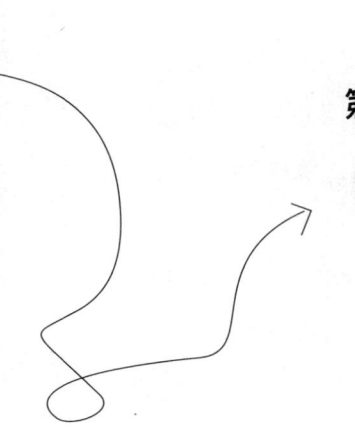

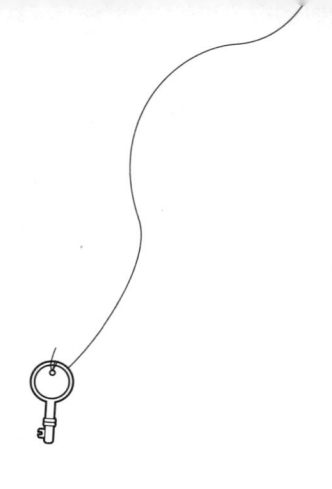

第二天，我违反了妈妈的一个重要规定。我趁她上班时离开了家，一瘸一拐地走了大约十个街区，去了玛丽亚家。一路上，我都在练习我想对她说的道歉的话，就在敲响她的家门的前一刻，我还又练习了一遍。

门很快就开了，一个男人说："你是谁？"他穿着机修工的油渍麻花的连衣裤，我猜他肯定是玛丽亚的爸爸。

"我是乔伊·皮格扎。"我回答。我紧张极了，因为我一路上都以为会是玛丽亚来开门。我做好了那个心理准备。没想到结果不是那样。现在，我觉得有点儿不知所措，就把想对玛丽亚说的话说了出来。"我是来说声对不起的。"我说，然后脸上堆出笑容，就像我踩到了一只三百磅的大猩猩的脚。

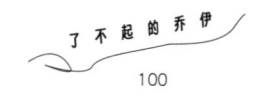

他关上了身后的家门,似乎担心我打算骗过他,从他的两腿间跑进去,再次袭击玛丽亚的鼻子。"滚开。"他说。

我举起两个手指,在面前比画出"剪刀手"。"我没有带剪刀来。"我说。

他一步步逼近我。"他们就不该让闯祸的孩子跟正常的孩子一起上学。"他说。

我一步步后退。"我只是闯了一个小祸。"我轻声说。

他又朝我跨了一步,速度很快,似乎要像捡起一块木头似的把我拎起来扔到外面去。"过来。"他说着就伸手来抓我。

我虽然脚踝受了伤,但反应很快。我转过身,顺着人行道往前跑。我扭头看了一眼,他没有在后面跑,但是走得飞快,似乎想用他的大肚子来顶撞我。在他身后,在房子正面的那扇大窗户里,玛丽亚正注视着我们。她脸上缠了许多绷带,脑袋上方飘着一大堆银色的"早日康复"气球,怀里蠕动着一只毛茸茸的白色小狗。一时间,我不知道该怎么做。我想跑过去当面跟她道歉,又想赶紧逃离她的爸爸。我只是僵在了那里,她爸爸走到我面前,我一动不动地站着,闭上了眼睛。

但他没有打我。"滚开。"他说。

第 9 章　坏孩子

"我不是故意的。"我回答,"我不是坏孩子。"

"哪怕你是小耶稣,我也不关心。"他说,"你要再敢伤害我闺女,你和你们全家就都完蛋了。"

"我妈妈跟这件事没关系。"我说。

他只是一脸凶相地瞪着我,然后把头一扬,哈哈大笑:"你妈妈跟这件事关系大着呢。"

"胡说!"我说,"她当时根本不在场!"这时候我已经气坏了,忘记了害怕,因为他竟然说我妈妈的坏话。"我妈妈没有问题。"我冲他吼道,"是我有问题。"我的话让他感到很意外,他不知道该怎么办了。

但是我知道。我双手叉腰,下巴扬得高高的,转身走开了。我一路走回家,坐在门廊上,想起我再也不能回到正常的学校,这才感到了害怕。我要去另一个地方了,那里有许多陌生的孩子和老师,说实在的,一想到这点我就焦虑得要命。我走进家里,到处寻找我的药,我想吃下一大把,让自己恢复正常。

但是妈妈还有一条规矩,就是上班时随身带着我的药。

她没有违反自己的规矩。于是，我只好蜷缩在那把拉兹男孩❶大椅子里，盯着我那张非常安静的照片，让自己暂停一下。妈妈打电话回来查岗时，我告诉她现在一切正常。

那天晚上，妈妈做的晚饭是通心粉和奶酪，我们吃过晚饭出去散步了。

"我一整天都在想你。"她说。她用胳膊搂住我的肩膀，一只温暖的手捂住我的耳朵，真舒服啊，因为外面在刮风呢。

"我也一直在想你。"我说，抬头看着她，又低头看着人行道，然后又抬头看她，又低头看路，因为我有一次踩到过狗屎，滑了一跤，那情景我一直没忘记。

"唉，我之所以一直想着你，是因为我明天要上早班，早晨不能送你上校车了。"

"哦。"我用细小的声音说，觉得我的整个身体都在忧伤，"我希望你能送我的。"

"我也是。"她温柔地说，"但早上有预约，我不能调班。

---

❶ 拉兹男孩（La-Z-Boy），专业从事功能沙发的研究、开发、生产与销售的家具品牌，倡导健康舒适的生活理念。

那些女人总是大惊小怪,一定要按时做好发型。不过,我有两件礼物要送给你。"

我抬头看着她。"两件?"我说,"送给我?"我最喜欢礼物了。

"第一件礼物,"她说,"看上去不像一件礼物。没有礼品包装,也没有系着丝带。但我认为它是一件厚重的礼物。"

"是吗?"

我们停下脚步,站住不动,她低头看着我,用手托住我的下巴。"我的第一件礼物,"她非常严肃地说,"是一句忠告。有个办法一直对我很有帮助,我希望你能记住。每当你想到一件不好的事情,就必须赶紧想一件好事。你绝对、绝对不能连续想三件不好的事情,不然你的情绪会变得特别糟糕。"

"好的。"我说,暗自希望礼物不仅仅是忠告,而是我能够捧在手里的东西。

"我是认真的。"她说。她知道她说得认真,我听得并不认真。

"那么,是不是我每想到一件好事,就必须赶紧想一件不好的事呢?"我把问题倒了过来,问道。

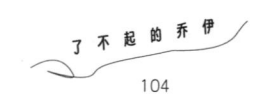

"不用。"她回答,"只要你愿意,连续想多少好事都没关系。"

"好的,那我的第二件礼物是什么呢?"我问,因为第一件礼物唤起的兴奋很快就消失了。

"这是一件很小的礼物。"她说。

"比第一件礼物还小吗?"我大声问,然后脚步开始踉跄,就像我在战场上负了伤似的。

"耐心点儿。它一开始很小,然后会越长越大。"

我们经过了冰激凌店,我知道妈妈永远不会让我进去。还有那家美籍波兰人俱乐部,奶奶说我爸爸在去匹兹堡之前,在里面"蹦来蹦去"地消磨了很多时间。然后我们拐了个弯,走进了那家二手书店。

"一本书?"我问,心想我的礼物可真够小的。

"书只是其中的一部分。"她说。她脸上的笑容告诉我,那礼物真的特别棒。我们走到书店后面,那儿有一个矮矮的书架,上面放着宠物和宠物养护方面的书。她伸手从书架上抽出一本关于养狗的书。

"乔伊,如果你在特殊教育学校表现得特别好,"她说,

"就可以养一只狗。"

我心里顿时乐开了花。我一直想养一只狗。一只模样跟我差不多的小狗。一只乔伊的狗。一只漂亮的、活力四射的狗。一只好狗。我曾经跟奶奶说我想养狗,可是她说,家里如果再养一只狗,就跟养了两个我差不多。此刻,我脸上带着一个大大的微笑,翻看着那本书。可以选择的狗有上百万种,但我知道哪种最适合我。一只吉娃娃。

"谢谢。"我说,"我没有在想不好的事情。"

妈妈跪下来,亲了亲我的额头。"最好别想。"她回答,"你的运气在发生变化。从现在起,你将被称为'乔伊·皮格扎,那个有狗的幸运男孩'。"

第10章 穿过

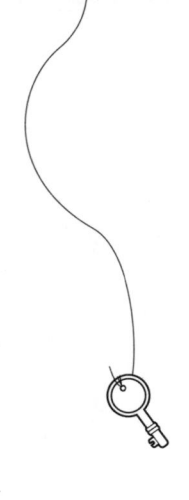

第二天早晨，我拿着那本关于养狗的书，在前门廊上等校车。特殊教育学校的那辆蓝色和白色相间的残疾人校车停了下来。一阵刺耳的嗞嗞声之后，侧门突然打开，一个小台子降到地面上，整个校车都倾向一边，就像一头大象单膝跪了下来。我知道我应该做个乖孩子，冲下台阶，跳上校车，像我妈妈吩咐的那样，但我只是站在那里，呆呆地盯着它看。校车的每个角上都插着长长的钢杆，上面是圆圆的小镜子。从我站的地方朝最近的那面镜子里看，似乎整个世界都被拉伸和扭曲了，我能看到校车后面角上的那面镜子，从那面镜子里又能看到后角的另一面镜子，最后，我能看到整个校车，还能看到司机的正脸和他后脑勺儿上的斑秃，而且我竟然还能看到自己站在我们家的门廊上，书包放在我的双脚之间，头上是昨天散步后我妈妈给我新剪的短发。我看着我在镜子里的小影像，希望能绕过今天上午，看到明天和后天，提前知道会有什么事发生在我身上。我答应过妈妈，不会连续想三件坏事，可是我觉得，如果不好的想法出现了，我是怎么挡也挡不住的。

司机哗哗地翻着一个带夹子的写字板上的几张纸，然后站起来，打开前门。"你是那个刚被收养的小孩儿吗？"他大声问，这是一个问句，我听了觉得很恐怖，不知怎的，似乎我在去特殊教育学校的同时也失去了妈妈。

"我不是被收养的小孩儿。"我立刻回答道，"我是乔伊·皮格扎。谁说我是被收养的小孩儿？我有妈妈。她上班去了。这并不能说明我是个被收养的小孩儿。"

我可以一直这样说下去，因为我越说心里越紧张。妈妈是我唯一的亲人了，被人取笑是被收养的小孩儿，这可不是闹着玩的。我心里转着这些念头，一动不动地站在门廊上，像一道上了锁的门。司机又低头看着写字板，又哗哗地翻过几页。

"你妈妈在哪儿？"他问。

"我跟你说了，她在上班。"我回答。

第 10 章 穿过

"在哪儿？"他问。

我不想告诉他，因为我能听见他驾驶座上刺耳的无线电声音，我想，如果我告诉了他，他就会打电话给别人，他们就会把我妈妈带走，我和妈妈就不能相依为命了，而这一切都是我的错，是我剪掉了玛丽亚的鼻尖，人们怪我妈妈没有把我管束好。说不定他们已经把她带走了，所以我才会被人叫作"被收养的小孩儿"。

"好了，快上来。"他说，"我们要按计划行事。"

我把关于养狗的书放进书包，走下了前门台阶。我并不是想这么做，我只是没有选择。车上还有另外四个孩子，真希望我是第一个被接上车的，这样就可以一个一个地认识他们。我虽然在霍华德夫人的班上见过一些问题很严重的孩子，但感觉不一样。在霍华德夫人的班上，我总觉得他们是他们，我是我，我是特殊的，我比他们强。但是在车上，我们是一体的，这让我觉得我之所以特殊，是因为我像别人一样有残疾。首先，车上有个孩子没有胳膊。准确地说，他有胳膊，但是很小，从肩膀上直伸出来，像肉乎乎的、粉红色的球芽甘蓝，尽头有几根细小的手指。他的胳膊太短了，连臂肘都没有，他的

T恤衫袖子被剪掉了，不然就会遮住他的胳膊。

"嗨。"他说，几根手指在空中挠了挠，就像一只肚皮朝天的螃蟹的腿。他朝我点点头，示意我坐在他旁边，我就坐下了。

"嗨。"我回应他，我想我吃的药可能是假药，因为这是一大早，我应该感觉良好的，却觉得体内有一股高压电流在横冲直撞。我只能坐住不动，两个肩膀使劲朝我的胸口中间挤。我不希望他碰到我。可是，当校车颠簸着开上路时，我歪倒在他的手上，感觉到他细细尖尖的指甲在挠我的衬衫。

"我叫查理。"他说。我只看着他的脖子以上，这样就没事了。

"我叫乔伊。"我回答。他探过身，像把什么东西掉在了地上一般，接着，他的小手碰到了我的手，我才知道他是想跟我握手，因为我们是初次见面。于是我把手塞到他的手指间，轻轻地拉了一下。

"很高兴认识你。"他坐直身子，说道，"你是什么问题？"

"没什么。"我说，"没什么问题，但是我认为他们把我妈妈从我身边带走了,因为他管我叫'被收养的小孩儿'。"

"他们不会把你妈妈带走的。"他说,"我央求他们把我妈妈带走,他们都不肯,所以他们不太可能瞒着你把你妈妈带走。"

我没有听他在说什么,因为一个孩子正使劲用头撞我的座椅背。我转过身,看他想做什么。他撞得可真狠,幸亏头上戴着一顶头盔。不是自行车或橄榄球头盔,更像是一种流线型的摩托头盔。他还不停地前后摇晃,把脚从地上抬起来,使劲跺在我椅背的金属横档上。我从头盔的透明面罩里看到了他的眼睛,感觉到他痛苦地皱着眉头,似乎有一块大石头压在他身上,他正不断地蠕动,想从石头底下爬出来。

我前面坐着两个女孩,跟别的女孩没什么两样,穿着干干净净的漂亮衣服,腿上放着亮闪闪的红书包。我摸摸我的鼻子,对她们露出微笑,因为这两个女孩让我想起了玛丽亚。她们也对我微笑。"她们是什么不对劲?"我小声问查理。

"她们是姐妹俩,每星期得到一次辅导,因为她们不管读书还是写字都是倒着的。"他转向两个女孩:"让他看看你们的本事。"

一个女孩举起自己的书包。书包顶上写着"YAM"三个字母。我想,竟然有人的名字是一种甘薯,[1]真是够倒霉的。另一个女孩的书包上写着"ENUJ"。

"她的名字是梅。"查理说,"另一个女孩的名字是琼(June)。你明白了吗?"

我看着梅。她咧着嘴笑。"我和妹妹可以倒着写小字条,互相传来传去,别人都看不懂。"她说,"特别过瘾。"

"你能倒着说话吗?"我问。

"我倒希望呢。"梅说。

"也许特殊教育学校会教我们。"琼说着,咯咯笑了起来,"不过,得等我们学会了正着读书写字再说。"

我们在铁路线旁停下来,司机打开车门,听火车的声音。但是我感觉他打开车门是在嘲笑我,似乎他正唱道:"来吧,被收养的小孩乔伊。我敢说你不能跳出车门逃跑。我敢说你没有那份胆量。"我全身冒汗,双脚一个劲儿地颤动,就像发射起飞前的火箭。我可以一头冲出车门,逃之夭夭,像我爸爸那

---

[1] 小女孩的名字"梅",英文是"May",倒过来是"Yam",意思是"甘薯"。

样，一路蹦跳着逃到匹兹堡，也可以像我妈妈那样振作起来，到特殊教育学校去得到帮助。似乎我的生命都被捆在了这两个词之间：逃跑或留下。就像我后面的那个孩子不停地用头撞我的座椅，我也不停地用头撞那两个词：逃跑或留下。我不知道该怎么办，就想起了妈妈，她已经振作了起来，现在该轮到我了。就在这时，车门关闭，我们剧烈颠簸着驶过了铁轨。我这才长舒了一口气，开始正常呼吸。

接着我又开始变得非常紧张，担心妈妈被带走了。刚才我是想到了她，想到了她会怎么做，才没有跳出校车的门，远远地逃走，所以，现在我更害怕他们要把她带走了。

车子停在一栋很大的旧砖房前面，一个孩子站在路边。

"你是那个被收养的小孩儿吗？"校车司机问。

"是的。"那孩子情绪非常低落地说，"怎么啦？"

他跺着脚上了车。我看着他，发现他的模样跟我没有什么不同，我就把眼睛闭上了，因为这太让人难过了。

校车停了，我睁开眼睛。我们是在一栋崭新的白色楼房前，窗户上贴着深色的防晒膜，看上去像是银行或华丽的写字楼。墙上用亮闪闪的金属字母贴着：兰开斯特县特殊教育学校。我们准是来晚了，人行道上只有几个人在等我们。

"待会儿见。"查理说，用一只脚把书包挑起来，这样他的那只细小的手才能够到书包。他跑向几道大门，那些门都自动打开让他进去。两个女孩跟在他后面跑。我下了车，一个大块头男人走到我面前。

"你是乔伊·皮格扎吗？"他问。他穿着卡其布裤子和白衬衫，系着条纹领带。

"是的。"我说。

"我是爱德·范内斯先生。"他说，"我是负责你的社工，你可以叫我爱德辅导员。大多数人都这么叫。"

"我有一件事要告诉你。"我回答。

"首先，我要给你介绍一下这所学校。"爱德辅导员说，这时校门自动打开让我们进去，"这不是你所知道的那种学校，也绝对不是一个你因为没人要或没人喜欢才去的地方。它不是一个惩罚人的地方。"

"因为这里的每个人都已经受到了惩罚。"我说，然后指着一个孩子，他全身戴着金属支架，正费力地走上一个斜坡。

第 10 章 穿过

他的腿和胳膊看上去就像是用烟斗通条扭曲而成的。

爱德辅导员朝他挥了挥手。"嗨,杰森!"他喊道,"看上去不错嘛,小子!"

杰森咧嘴一笑,把脑袋扭向一边,嘴里说了点儿什么,听上去像一个模糊的字眼。

"他是个了不起的孩子。"爱德辅导员对我说,"对他来说,爬上那道斜坡就跟我们爬上珠穆朗玛峰一样。"

"我可以告诉你一件事吗?"我问。

"等一下。"他说,然后把我领向一个开着的电梯门,"我先带你到处逛逛,让你看清这是一个什么地方。你来是因为需要额外的帮助,让自己回到正轨。我可以给你所需要的帮助,你回到正轨后,就可以离开了。从你的情况来看,你在这里至少必须待六个星期,因为你伤害了别人。"

"我不是故意的。"我说。

"是的,不错。"他表示赞同,"但是我们不希望再发生这种事。我们希望你学会三思而后行,然后回到学校。如果你变成这里的常客,就意味着我们的工作没有做好。坦白地说,我们更喜欢不愿意待在这里的孩子。"

我没有怎么听进去他说的话,因为我仍然有件事要告诉他。"校车司机以为我是个被收养的孩子。"我脱口说道。

"那是弄错了。"爱德辅导员回答。

"我想见我妈妈。"我说。

"现在还不行。"他回答,"我们还有别的事情要做。我得把你介绍给几个将要帮助你的人。"

"然后我就能见到我妈妈了?"我问。

"我们可以给她打电话。"爱德辅导员说,"我保证。"

电梯发出一阵很响的嗡嗡声,门开了。我们顺着一条宽敞、明亮的过道往前走,过道两边都是教室。可是,这里仍然不像学校而更像医院,因为空气里不是食物的味道,而是药味。一队盲人孩子沿着对面的墙边走过来,他们一只手牵着一根绳子,另一只手拿着一根白拐杖敲打地面。还有坐轮椅的孩子和拿着书本、样子很正常的孩子。此外,还有那些不能返回正常学校的孩子。他们或是受伤,或是身有残疾,被绑在木板上,或是有智力障碍。

我一定是在盯着他们看,因为爱德辅导员问我认为别的孩子是怎么看我的。"他们可能不知道该怎么想。"我说,"我看起来很好。"

"所以他们在猜你的毛病在哪里。"

"是啊。"我说,"但他们不知道。"

"为什么?"他问。

"我现在可以给妈妈打电话了吗?"我问。

"你今天早晨吃药了吗?"他没有回答,只是问我。

"吃了。"我说。

"你吃早饭了吗?"

"没有。我从来不饿,除非真的饿了,然后我就能吃下一头牛。"

"好吧,"爱德辅导员说,"首先,你必须学会哪怕不饿也要吃饭。你不妨这么考虑——你不管是否需要,每天都是要洗澡的。"

"我今天没洗澡。"我说,"我闯祸了吗?"

"不,你没有闯祸。这不是你有没有闯祸的事。这里,"他说,挥了挥双手,把整个大楼和里面的人都包括进来,"这里是为了让你变得更好。"

"我是因为闯了祸才被送到这里来的。"我说。

"你只要不闯祸了，就可以离开。"他立刻回答，好像把所有答案都记在了心里。

他打开一扇门，我们走进了他的办公室。

"我可以先去趟厕所再坐下吗？"我问。

"没问题。"他说，然后指了指房间另一边的一扇门。

我其实不想上厕所。我只是想独自待一分钟，于是我就站在那里，冲了一下马桶。我本来以为特殊教育学校会像一所关押坏孩子的监狱。我一直感到特别担心。但现在看来，这地方并不坏。我觉得不会有人来打我，爱德辅导员也没那么吓人。我本来以为这里的教师都很可怕，实际上更可怕的是我知道自己身体里出了毛病，有某种看不见的东西正在像白蚁一样悄悄地吞噬我，即使我的表现再好，它也会把我毁掉。我害怕的是自己。

我又冲了一下马桶，然后打开了门。"我奶奶说，没有什么能让我变好了。"我说，"她说，我们全家都病了，没药可救。"

"我相信你奶奶是个好人。"他说。

"她想把我关在冰箱里。"我脱口而出。

"有时候，好人也会做出坏的决定，乔伊。"他说，"我告诉你，你会好起来的。我们要给你做一些测试。我们要判断你现在服用的药是不是对症。我们要确保你的药量合适。我们要帮助你获得更好的自我感觉。我们要帮助你把功课赶上来。然后我们都会看到乔伊·皮格扎没问题。到了那时候，你就可以回到正常学校去了。"

"我可以养一只狗吗？"我问。

他笑了。"我认为养狗是一个很不错的主意。"他说，"你知道怎么照顾一只狗吗？"

"还不知道。"我说。

"好吧，等你学会了怎么照顾一只狗，也就学会了怎么照顾自己。"

"我奶奶说我有点儿狗的习性。"我说。

"我真想见见她。"爱德辅导员说，"真的。"

"唉，见不到了。"我回答，"她掉进下水道，被水冲走了。"

"真的吗？"他一边问，一边微笑地盯着我。

"她和我爸爸一起住在匹兹堡。现在我能给我妈妈打电话

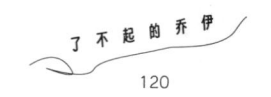

了吗?"我问。

他把他的手机递给了我。我拨了号码。"这里是美女与野兽美发厅。"接电话的是前台接待员蒂芬妮。

"我是乔伊。"我说,"能让我妈妈接电话吗?"

"她正忙着接待顾客呢。"她说,"我可以给她留个口信吗?"

"我待会儿再打。"我说完,挂断了电话。接着我立刻又打了过去。有时候我就是这样,直到蒂芬妮把我妈妈叫来。

"她还是不能来接电话。"蒂芬妮说,"我们已经说过,不能这样乱打电话的,乔伊。你歇一阵子再打吧。"

我挂断电话,又开始拨号,但是爱德辅导员按住拨号键,打断了我。"乔伊,"他说,"我们需要非常严肃地谈一谈了。"

"我回头再告诉你,好吗?"我说,开始感觉在椅子里如坐针毡。

"你上这儿来是有一个重要原因的。"他说,"简单地说吧,你伤害了一位同学,在我们确定你不会再伤害别人之前,你不能回去。这是底线,乔伊。你明白我的意思吗?"

"如果霍华德夫人没有让我穿那双兔八哥拖鞋,"我回答,

第 10 章 穿过

"我就不会被绊倒，剪掉玛丽亚的鼻子。"

"不是拖鞋的问题，乔伊。"他说。

"那是什么？"我问，"什么？"

"是你做决定的方式。"

"比如呢？"

"你把手指头塞进削笔器；你把钥匙吞进肚子里；你在外出活动时情绪失控……乔伊，你为自己做的这些决定都很糟糕。"

"我吃的是假药。"我说，"它们上午管用，吃过午饭就失效了。"

"我们可以帮忙调整用药。"爱德辅导员说，"但这是最简单的部分。你仍然必须学会怎么做出正确的决定。"

我拿起手机，开始拨号。"我要我妈妈。"我说。

他按住拨号键。"如果我告诉你，造成你问题的部分原因就是你的家庭生活呢？现在我们必须严肃起来了，乔伊。现在我们必须从大局来考虑了。"

第11章 改变方式

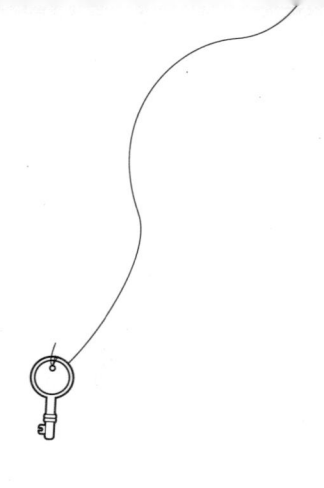

我坐在前门廊上，把一个橘黄色的碰碰球往大门上扔。我扔了一次又一次，持续了大约一个小时。我没有被锁在外面。我只是在等妈妈。当我看见她正在五栋房子之外拐过皇后大街的街角时，我还是继续扔球，越扔越狠，直到她走上了小路。然后我转过身，开始发泄。

"他说你是全局大问题的一部分。"我喊道，"我说剪掉玛丽亚鼻子的是我，不是你。他说问题的关键不只是玛丽亚的鼻子，关键是我怎么做决定。我告诉他，我吃的是假药，他想知道你带我去看的是什么医生。我对他说我不知道，我还说你把我从奶奶手里救了出来，他说特殊教育学校能帮助我好起来。这是什么意思呢？"

"平静一些。用不着大喊大叫，不要跟自己过不去。"她说，并扭头看了看邻居是否在偷听，"我们进去吃点儿药，谈谈这件事。这个他到底是谁呀？"

"爱德辅导员。"我回答。

"哦，是啊。那家伙有两个名字。"她嘟囔着。

我们走进家门，我一直在说话，但妈妈没有听。"家里乱得一团糟。"她说着摇了摇头，"你在搞什么名堂？"

"我情绪失控了。"我说，"校车司机说我是被领养的小孩儿，我以为他们把你带走了，因为我伤害了玛丽亚。我给你上班的地方打电话，可是你没有来接。我就不停地打，蒂芬妮说你不能接电话，我就以为他们抓走了你而不是我。后来，我想你可能对我感到厌倦，又跑走了。我把这话告诉了爱德辅导员，他说，我出现问题的很大一部分原因是我的家庭生活。"

"你对我说过你不会到处找你的药，把家里翻个底儿朝天的。"她说。

"我今天过得不顺利。"我说。

"我们都有不顺心的日子。"她回答，"你必须面对它们。"

妈妈把手伸进她的钱包，掏出那个塑料小瓶，里面装着

第 11 章 　改变方式

我的药。她倒了一片在手心里。"你没有留下回电号码。不然我就给你打回去了。"她把半片药塞进了我的嘴巴。

我把药咽了下去,然后走到冰箱前,给她拿冰露汽水,她从水池下面掏出了苦杏酒。她给自己调了一杯酒,我往里面扔了一颗红樱桃。

"所以他说都是我的错?"过了一分钟后,她问。

"他想知道,你抛弃我之后,我是什么感觉。"

"我把你留给了你的奶奶。"

"奶奶很坏。"我说,"我也告诉爱德辅导员了。"

"你还对他说了什么?"

"还说了爸爸的事。"

"还有呢?"

"还有我们每天的生活。从我早上醒来到晚上睡觉。什么都说了。"

"你有没有告诉他,我爱你,我每天都在美容院上班,听每个人夸奖他们十全十美的孩子,我听了心里有多么难受,因为:第一,我不相信他们的孩子十全十美,十全十美的人根本不存在;第二,他们假装自己的孩子十全十美,这样就能瞧不起你这样的孩子和我这样的家长。"

她站起来，又给自己调了一杯苦杏酒。

"你喝了两杯酒，那我是不是可以吃两次药呢？"

"不，不行。我希望你不要到处跟陌生人乱讲我们家里的事。"

"爱德辅导员说，他是来帮助我的，他还说，事情在变好之前，还会变得更糟。"

"他这点说对了。"她说，"非常正确。你可以告诉他，他的情况也会变得更糟。"她把苦杏酒一饮而尽，就像喝水一样，然后又给自己调了一杯，我只是呆呆地望着她。

"不。别把这话告诉他。"她平静了下来，说道，"我今天过得也不顺心。我上班的时候，整天都在挂念你，为你担心，我想着你会把我们的什么事告诉他们，越想越感到尴尬。我回来找你，但是光回来还不够。问题的关键不是我们有没有地方住，而是我们的脑子里在想什么。你知道我在说什么吗？"

"知道。"我说，"我今天跟一个负责营养餐的女士说话，她说我的饮食也对我的身体没好处。"

"是吗，你跟她说了什么？"妈妈问，她又开始激动了。

第 11 章　　改变方式

"我说我喜欢吃巧克力甜甜圈小球、炸薯球和粟米脆饼,还说你从来不强迫我吃自己不爱吃的东西。"

"那有什么不对吗?"

"她说我需要蔬菜、沙拉和谷物,还问我是不是服用维生素。我告诉她,我每天早晨都吃一杯瑞斯花生酱,因为你说花生酱对我有好处。"

"我需要再喝一杯。"她说。

"爱德辅导员问我你喝不喝酒。"我说。

她猛地转过身,手里拿着苦杏酒瓶。"你是怎么对他说的?"

"我说你喝酒。"我说,"你就是喝酒嘛。"我指了指她手里的酒瓶,"看见了吗?而且爱德辅导员说,如果我不说实话,情况就不会好转。"

"是的,我今天跟范内斯先生说过话。"她说的同时给自己调着酒。

"是同一个人。"我说,"他就是爱德辅导员。"

"我知道。"她说,"你离开他的办公室后,他给我打了电话。"

"他说了什么?"

"我不想说。"她说,"这就是你和我之间的区别。我知道怎么保持沉默。"

"我忍不住就说多了。"我说。

"尽量忍住。"她说。

"尽量别喝酒。"我说。

"为什么我们中间必须有一个人对,有一个人错呢?"她问,"为什么到头来总是这样呢?"

"别问我为什么。"我说,然后用手捂住耳朵,不想听她说话。

她把我的手拽开。"有时候你真让我恼火。"她说,"有时候我想,追着你爸爸跑,也比追着你跑更轻松些。"

"可是你更爱我。"我说,"这是你说的。"

"你真是一个淘气包。"她低吼道。

我只是露出了我那大大的微笑,我闭上眼睛,看不见别的,只能看见我脸的内部,我的脸上就像戴着一个巨大的万圣节黄色笑脸面具。

"好吧。"她说,"我们再淘气一天,订一个比萨吧。"

"能订蔬菜比萨吗？"我问，"我答应多吃蔬菜的。"

"好啊。比如什么呢？蘑菇，青椒，洋葱？"

"别忘了沙拉。"

"现实点儿吧。"她说，"他们不做沙拉比萨。沙拉是比萨的对立面。沙拉是给兔子吃的，比萨是给喜欢奶酪、香肠和意大利辣肠的人吃的。那碰巧就是我们呀。"

早晨，我坐在门廊上，吃一片昨天剩下的、多加了奶酪和蔬菜的比萨，等待校车。这时，马克西夫人开车过来，朝我招手。她脸上还带着微笑，这是一个好苗头，不然我就会立即转身冲进家里，把门锁上了。她从车里出来，手里拿着一个牛皮纸袋和她的钱夹。

"怎么样啊？"她一边问，一边走上台阶。

"还不错。"我说，"现在我多吃蔬菜了。你想咬一口吗？"

"不了，谢谢。"她回答，然后朝我摇摇头，那样子很像我妈妈，"我们一直都在想你。"

这让我感觉比吃比萨开心多了。"我也想你们。"我回答，

"我会回来的。我跟你说过我会回来。"

"好的,继续努力,我相信你会回来。"

我鼓起勇气,问了下一个问题。"玛丽亚怎么样了?"我问,"我去了她家,想说声'对不起',她爸爸把我赶跑了。"

"玛丽亚不在我们学校了。"马克西夫人说,"她家里人送她去了天主教学校。"

"我们特殊教育学校里也有天主教学校的孩子。"我说,"还穿着他们的校服呢。"

"我知道。"马克西夫人说,"我们告诉她的父母,意外事故到处都有可能发生,但他们非常担心玛丽亚。"

"发生了那种事,我还是感到很难过。"我说。

"我们都很难过,乔伊。"马克西夫人说,"但是我们必须丢掉包袱,继续前进。好了,我给你看看我带来了什么吧。"她从纸袋里掏出一个文件夹,给我看了我的算术、英语、地理、历史和科学课的作业,"接下来的几个星期,让你妈妈陪着你在家里做作业,你就能跟上同学们的进度了。我定期把你的家庭作业给你送来,这样等他们让你回学校时,你就不会落后得太多。好吗?"

第 11 章　改变方式

"这是不是说,他们六个星期后就会送我回来?"我问。

"这由别人说了算。"她说,"但是范内斯先生打来电话,叫我督促你跟上作业进度,保证你回学校时能立刻适应。"

在她离开前,我说:"我很抱歉。"

"我知道,乔伊。我们都感到很遗憾。但现在我们不要再追悔了。我们应该改变方式,确保这种事不再发生。好吗?"

"我很抱歉。"我又说了一遍。我朝她张开双臂,她拥抱了我一下,感觉真好啊。我放开她时,说道:"我正在改变方式,保证再也不会发生这种事。"

"很好,"她说,"非常好。"她从教师专用包里掏出一长条金色的星星贴纸。她撕下一颗星星,贴在了我的额头上。"为了奖励你改变方式。"

我小心翼翼地摸了摸星星,摸到了那五个金色的小角。一个角代表一门功课。"我妈妈说,等我变好了,她就让我养一只狗。"

"那太好了。"她说,"我得赶紧走了。你知道,如果我不准时赶到,班上会乱成什么样。"

我记得那情景。

她转过身，走下台阶，我看到她裙子后面有比萨酱的印子，是刚才拥抱时我的双手留下的。

"马克西夫人！"我喊道，把比萨举起来挥舞。

"我已经带了午饭。"她大声回答。我还没有来得及告诉她印子的事。"谢谢你。"

她离开后，我立刻在裤子上擦了擦手，把她带给我的东西都扔进了家里。几分钟后，特殊教育学校的校车开了过来。我上了车，查理正在等我。

"坐在这儿。"他说，像昨天那样朝我点了点头。

"想吃比萨吗？"我问。

"好的。"他说。我把比萨举到他的嘴边，他咬了一口。

"当心。"我说，"很容易弄脏。"

这天是一个重要的日子，但并不顺利。轮到我去见医生了，这让我心里怎么也平静不下来。我早上吃了药，但还是没有办法专心做事。我有一位阅读老师，她让我读绘本而不是章节书，她说，绘本能帮助我理解超出我阅读水平的文字内容。但我就是没法集中注意力。后来在算术课上，我也没法做题，因为脑子里总是响着医生的话，那么响亮而刺耳，使我根本听不见老师在说什么。课间休息大概是最放松的时候了，我可以绕着秋千跑来跑去，躲避那些荡秋千的孩子，他们就像一个个大破坏球一样，想把我撞倒。

最后，那天快结束时，我和爱德辅导员一起坐在一间小检查室里，他不停地看表。我旁边有一个柜子，里面整整齐齐地摆放着许多东西。我打开柜门，拿出了邦迪创口贴。

"乔伊，"爱德辅导员说，"把它们放回去。"

"我只是看看。看看也没什么害处。"

"我们等待的时候，"他模仿医生的嗓音说话，"我想跟你谈一件重要的事情。"

"好的。"我说，"奶奶总是说，不要把时间浪费在小事情上。"

"医生将要关注的，是你的身体状况和用药情况。"他说，"那是他的工作。我的工作是关心你的行为，所以我们必须组成一个团队。在医生调整好你的用药之后，你和我需要长期合作。"

"我认为我的行为很不错。"我说，"我已经好几天没有闯

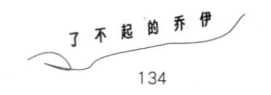

祸了。"

"很好。"他说,"可是,仅仅避免闯祸还远远不够。我们还需要关注怎样做出正确的决定,这样你从一开始就不会有麻烦。"

"什么意思?"

"邦迪创口贴,乔伊。"他说完,指着那个柜子,"如果我留下你单独待几分钟,你会拿它们做什么?"

"什么也不做。"

"什么也不做?"他怀疑地说。

"什么也不做。"我又说了一遍。

"那我们就做个测试吧。"他说着站了起来,"我去外面的走廊里。"

门刚一关上,我就立刻撕开了那些创口贴。我掀起T恤衫,开始把它们贴在我的胸口和肚皮上。我大概贴了二十个,突然听见爱德辅导员说:"上午好,医生。"我赶紧把撕下来的包装纸藏在窗帘后面的窗台上,把T恤衫扯下来盖住肚子,重新坐了下来。

门开了,医生冲了进来。

"我是普莱斯敦医生。"他说,"对不起,我来晚了。是我的错。"

我立刻就喜欢上了他,破天荒第一次,出了事不是我的错。

他把公文包放在桌上,脱掉外套。"皮格扎夫人也来吗?"他问,先看看我,又看看已经坐下的爱德辅导员。

"她这次来不了。"爱德辅导员回答,"但是我们谈过话,我会把情况告诉她的。"

医生噘起了嘴巴。"好吧。"他干巴巴地说。似乎他心里想的是:"不好。"似乎他在想我的整个生活都不对劲,而根源在我妈妈那儿,因为她根本不关心我,甚至都不愿上这儿来。

"言归正传。"他说,脸上又有了笑意,"我们要做这么几件事。"他啪地打开公文包,拿出我的档案,"首先,我要给你做一个快速体检。然后我们做几项检查。不是什么可怕的检查,但是必须抽点血,你还要用一个杯子接点尿。"

听起来不算太糟。"我做过比这更可怕的事。"我说,"有一次,我跟奶奶坐公共汽车,她让我尿在一个可乐瓶子里。"

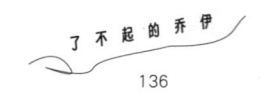

"情况我知道了。"普莱斯敦医生说着打开了我的档案，看着里面写的内容。他看得那么专注，就像他打开了我的胸腔，正在检查我所有器官的工作情况。

他抬起头来时，深深地吸了口气，然后开口说道："你似乎是一个聪明的好孩子，所以我打算开诚布公，把轻松的消息和沉重的消息都告诉你，乔伊。我们都感觉到，你现在服用的药物没有作用，等到换了更对症的药，你的注意力障碍就能得到控制。这一部分我们能做到。我们觉得困难的是确定对症的药。笔试和问答试卷帮助我们跟踪记录你的行为。你坐不住，注意力不集中，做事不专心，等等，这些你其实已经知道了，不然我也不会这样直言不讳。而且我知道你和范内斯先生谈过这件事。"

我想告诉他，我跟我认识的每一位老师都谈过同样的事。可是爱德辅导员先前叮嘱过我，让医生说话，我只负责听，于是我咬着左腮帮子里面的肉，因为右腮帮子里面的肉我前一天咬过了，现在还疼着呢。

"我想说的是这一点。从医学上来说，我们现在还不了解你身体内部的情况。我们需要弄清楚之后才能给你开出对症的药。现在我们要做的就是这件事。我想带你去匹兹堡的儿童医院做一个检查。听起来可怕，其实没有什么。全名叫脑部SPECT检查❶。他们给你的大脑拍照，有点儿像X光，只是更详细，而且是彩色的。这个检查一点儿也不疼。"

"我的脑子有问题吗？"我问，"我在这里见过许多脑子有毛病的人，他们的样子不对劲，行为也奇奇怪怪的。"

爱德辅导员插嘴道："医生说的是，他想让你检查一下，确保你没有别的问题，然后再给你开出对症的药和合适的药量。"

"一点儿不错。"普莱斯敦医生说。

"我妈妈能去吗？"

"当然。"医生说，"实际上，她必须去。"

"我想，她上班不能请假。"我说完看着爱德辅导员，"她工作很忙。"

"我们会办妥的。"爱德辅导员说，"别担心。"

"乔伊。"医生说着，从口袋里掏出一个听诊器，"我想听

---

❶ SPECT检查，一种单光子发射计算机断层显像检查。

听你的心脏，坐上来。"他拍了拍检查台的边缘，那里铺着一张纸。

我看了一眼爱德辅导员，想告诉他创口贴的事，但他只是看着我，好像很为我感到骄傲似的，好像他是一个特别好的爸爸。于是我跳上台子，坐了下来。

普莱斯敦医生掀开我的 T 恤衫时，脸色一下子变得十分担忧。他又把我的衣服放下了。"范内斯先生，"他严肃地说，"我可以跟你到外面的走廊说话吗？"

他们一走，我立刻开始撕下那些创口贴，可是刚撕了几条，爱德辅导员就快步走回了房间。"乔伊，"他用非常严厉的嗓音说，医生跟在他后面，"向医生解释一下你做了什么。"

我看着他。"我用创口贴装饰了一下我的肚皮。"我说，"这有什么大不了的？"

"医生以为你受到了虐待。"爱德医生还是用那种紧张的声音说，"这可是一件大事。"

"不可能。"我说，"自从奶奶用苍蝇拍揍我之后，就没有人打过我。"

医生继续检查，然后他转向爱德辅导员。"我暂时检查完了。让校医填写他的表格，"他说，"给他验血和验尿。"他走到桌旁，合上了公文包，"对不起，我这么匆忙，乔伊。但是在拿到所有检查结果之前，我没有办法决定怎么用药。我们要做的事情还多着呢。"我站起来，他跟我握手，我直视着他的眼睛，因为妈妈告诉过我，只要直视一个人的眼睛，就能看出他是不是在说谎。

"我没事吧？"我问。他的目光停留在我脸上。他的眼睛没有往左或往右飘移，没有眨巴，没有翻白眼，也没有做出看房门或看手表之类的事。

"我感觉你会好的。你确实有某种病理问题，还有一些行为问题。我认为这两种问题都能得到解决。我认为你的大脑是健康的。你慢悠悠地拖了很长时间，现在遇到了障碍。如果真的有严重问题，你不可能这样。我们做这个检查，只是为了安全起见。"

"我想问问清楚，因为这是我的大脑，我需要搞明白，而且我还会见到我妈妈，她也会想知道的。"

爱德辅导员站起来，朝医生点点头。"后面的事我来处理吧。"他说，"我随时把消息告诉你。"

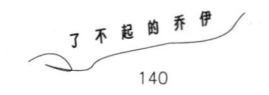

"再见，乔伊。"医生说，"拿到检查结果我就来见你。"他打开门，我听见他在走廊里大步远去。

我朝他刚才站的地方挥了挥手，似乎我突然间成了两岁的孩子，不知道"你好"和"再见"的区别，不管是到来还是离开都只会挥手。而且我想一直盯着门看，我担心只要我一转身，爱德辅导员就会因创口贴的事跟我算账。没想到，他一个字也没问。他把一只手放在我的肩头。

"你还好吗？"他问。

我想让自己抱有希望，就像妈妈说的，看到光明的一面。可是一想到我的脑子有问题，我就害怕得不行。我已经见过那么多脑子有问题的孩子，最可怕的是，有几个看上去跟我没什么两样，显得很正常。但是他们像我一样，脑子出了问题。

"不是太好。"我说。我想说我感到害怕，但是这话我已经说过那么多次，我想，翻来覆去地说同样的话显得很傻，就好像我脑子不正常似的。

"你想给你妈妈打电话吗？"他问，然后拿起了手机。"好的。"我话音未落，他已经拨出了号码。

第 11 章 改变方式

第12章
匹兹堡

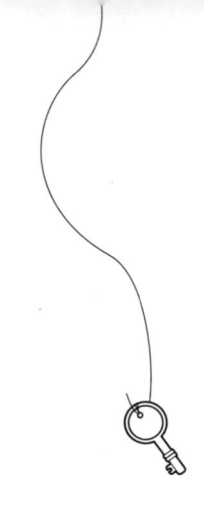

我跟妈妈通过话后,爱德辅导员也跟她说了几句,提到第二天去匹兹堡医院的事。那天晚上妈妈下班回家,给我带回一条新的宽松裤子和一件T恤衫,是专门为这次去医院买的。"我希望你看上去很精神。"她说,然后仔细检查我的脑袋,"我打扮漂亮时,总是自我感觉最好。"

第二天一早,天还没有亮,我们就洗漱干净,我穿着旧牛仔裤和宾夕法尼亚州立大学的T恤衫去坐长途汽车。我吃了药,妈妈一边喝咖啡,一边做了几个三明治,装在我们的旅行包里。出租车按响了喇叭,我们坐进去,它把我们送到了长途汽车站。我们排在队伍的最前面。司机打开乘客门后,我们走上台阶。我坐过校车和市内公共汽车,当然啦,还坐过特殊教育学校的校车，但从来没坐过灰狗长途巴士❶。我感到非常兴奋，不光因为它是一辆大巴，还因为它的名字是一只狗。

我们可以自己挑选座位。我想坐在最后排，占据那一长条座椅。

"不行。"妈妈说，"厕所在后面。"她指着那个银色的小房间，"那里有一股怪味。还是坐在中间最舒服。"

"你怎么知道的？"

"我和你爸爸坐过许多次大巴。"她说，"我们去过哈里斯堡、匹兹堡、费城、巴尔的摩，哪儿都去过。他永远都在路上。"

"你认为他会在匹兹堡吗？"我问。

"亲爱的，他在月亮上都有可能。我不知道。"她说话的口气似乎不再想谈这件事。

"但万一他……"

"你别抱什么希望，以为会碰巧遇见你爸爸，乔伊。"她说，"他即使看见你，也不会认识你。"

---

❶ 灰狗长途巴士，又名灰狗巴士，是美国知名商营长途巴士。该公司的客运业务遍布美国与加拿大的部分地区。公司总部在得克萨斯州达拉斯。

第 12 章　匹兹堡

想到爸爸分辨不出我和其他孩子,我感到很难过,于是尽量不去想他,甚至不去想奶奶。我已经有了那么多恐怖的想法,生怕脑子出了什么问题,所以我尽量去想一些好事,就像妈妈告诉我的那样。只想一件好事。我把脑袋靠在玻璃窗上,睡着了。我能做到这点真是很不容易。

我醒来时,妈妈想知道我饿不饿。我饿了,她就拿出食物,然后我打开那本随身带着的关于养狗的书。

"你是不是应该先做家庭作业呢?"她问,这更像是一句命令。

"吃过早饭再做吧。"我央求道,"你可以辅导我。"

"好吧。"她说着把纸巾和三明治摊在她的膝头,"但是不许搞鬼。你必须像马克西夫人说的那样,把功课赶上去。"

我翻看着书上的那些狗狗。"我喜欢这只。"我指着一只中国冠毛犬说。

"它只是脑袋顶上有毛。"她说,"就像一个印第安毛孩玩偶。"

这我倒不在乎。"这是我最想要的小狗。"我说,指着一只褐色的吉娃娃。

"里面有没有一只乔伊小狗狗呀?"她问,然后探过身来吻我,同时又想偷偷地检查我的斑秃。

"我知道怎么做你的小狗狗。"我说,然后用力把脑袋挣脱开,"你走了以后,我就开始问奶奶,你什么时候回来,她说:'我猜随时都会回来。'她搬了一把椅子放在前屋的窗口,每天晚上,我就带着我的玩具、毛绒动物和书,坐在那里等着。奶奶不让我离开椅子,我就站在上面、跪在上面,把它倒过来,像骑马一样骑在上面,眼睛一直盯着外面的人行道,寻找着你。有时候,一个买饼干、杂志或教堂彩票的女人会从人行道上走过来,我就一下子扑过去,把脸贴在玻璃窗上。但是我不知道该寻找什么,因为我不记得你长什么样子。我就大声地问奶奶:'那是我妈妈吗?'"

"乔伊,"妈妈说,"你是想说奶奶对你不好吗?"

"是的。"我说。

"这件事你已经跟我说过了,一遍遍地听让我心里很不好受。"她说。

于是我闭上了嘴。但是这种故事你讲过一遍之后,它就不肯离开了,你不得不一遍又一遍地讲,直到它彻底离开。也可能永远不会离开。我看着窗外，想着爱德辅导员，脑海里假装自己在跟他说话，因为这件事我还没有对他讲过，但我打算告诉他。

我在窗口等妈妈的时候，奶奶会一直取笑我。"看看你的样子。"她说，"活像一只小狗。"她还让我表演小狗的把戏。"打滚儿。"她吩咐道，我就躺在地上，滚来滚去，直到最后撞到墙上。"坐起来！"她拍着巴掌大声喊，我就坐起来，两条小胳膊举在面前，手腕像爪子一样弯下来。"学狗叫。"她说。如果我没有叫，她就拿起苍蝇拍，抽打我的屁股，直到我叫得像一家挤满了狗的宠物店。有一个命令是我喜欢的。"乞求！"她厉声说，我就开始可怜巴巴地哀叫，像一只狗在说"求求你，求求你，求求你"，直到她给我一颗硬糖。硬糖是她去银行兑现她的社保支票时，从银行的那个玻璃鱼缸里偷偷抓的免费糖。我喜欢那种糖，就不停地乞求再乞求，直到把糖全都要到手。

有时候，她因为我不听话而非常生气，就假装电话铃响了，她把话筒贴在耳边，说道："是的。啊，没错。哦，你能回家真是太好了。什么时候？今晚？哦，乔伊该多么兴奋啊。"

他该多么兴奋啊。"

  我确实兴奋极了。我使劲地拽电话线,想拿到听筒,对着它大声地喊"快回来"。可是奶奶把听筒拿得紧紧的,还举起另一只胳膊挡住我,然后她会说:"什么?你希望他洗个澡,乖乖地坐在椅子上,不要乱动?好的。我们试一试。"她挂断电话后,我拿起听筒,对着它大声喊道:"妈妈!"可是那头已经挂断了。"现在可别让你妈妈失望了。"奶奶会这样说。然后我就跑到浴室,把自己搓洗得红通通的。完全洗干净后,我穿上睡衣,坐在窗口的椅子上,只要我稍微扭动一点点,坐在房间那头玩拼字游戏的奶奶就会说:"瞧,我刚才看见她走过去了,她看到你没有乖乖地坐着,就一直往前走了,因为你妈妈不愿意回到一个坏孩子身边。"

  "不是这样的!"我大叫起来。我变得非常紧张,开始拔自己的头发。不是大把大把地拔,而是一次只拔几根,后来我的脑袋上就出现了圆圆的斑秃。我知道这样不好,但就是忍不住。然后奶奶就又会拿起电话,说道:"什么?你先不回来了,等他学会了不像傻瓜那样拔自己的头发再说?好的,我告诉他。"她挂断电话后,对我说:"你听见了吗,乔伊?"这时候，我已经哭得止不住了，因为我太恨自己了，我没能乖乖地坐着不动，一直把手放在膝盖上。这时，奶奶就会又对着话筒说："可是你愿意明天晚上再试试。哦，亲爱的，这真是太好了。你能这样爱这个孩子，简直是个圣人。我保证让他坐在窗口的椅子上。是的，我会告诉他，你要从窗口经过检查他，如果他乖乖地坐着，你就会过来敲门。"

于是，第二天晚上，我坐在那张椅子上，摆弄我的两根大拇指。只要有女人从街上走过，我就赶紧坐得笔直，一动不动，可是女人走过去后，我就泄气地瘫坐回去，因为那个女人不是妈妈，我的表现白费了。我频频地朝陌生女人招手、微笑，结果有一次，我正在前门廊上玩呢，一个女人从路上走过，指着我对她的孩子说："瞧，这就是那个好孩子，总是坐在窗口朝每个人招手。"我朝她招了招手，她女儿说："他的脑袋上怎么了？"因为我有那些亮晶晶的小斑秃，看上去像窟窿眼儿一样。

我转过头，不再看着车窗外，也不再去想奶奶和过去的事。我看着正在锉指甲的妈妈。"我可以再跟你说话了吗？"我问。

"除非你能告诉我一些新鲜事。"她说。

"好的。我想养小狗的一个原因是，它每天都会在窗口等我，我每天都会回到它身边。你当时没有回家看我，但我保证我一定要回到小狗的身边。我要好好照顾它，因为我不想让它经历我当时的感觉。如果我的大脑检查结果是好的，那么为了庆祝，我应该养一只小狗。如果检查结果不好，我也应该养一只小狗，因为你必须对我特别好才行，那样才能证明我的脑子出了问题，谁也治不好它。不管是哪种结果，我都应该养狗。"

我说完时，她的脑袋向前靠在旁边座位的椅背上，因为我说的每句话都沉甸甸地压在她的脑袋里，她不得不休息一会儿。但我不管。爱德辅导员说我可能某一天会冲她发火，他说对了。

"那么，在我让你经历了这么多之后，你为什么仍然爱我呢？"她最后说，把指甲锉塞进了小包里，"为什么？"

"我不知道为什么。"我说，"我就是爱你。你是我妈妈，我爱你。即便我这辈子脑子坏掉了，你也爱我。"

"别这么想。"她说完亲了亲我的面颊，开始把我的 T 恤衫抻平,把我的头发往后捋,似乎我的样子好看了一点儿,状态就会好一些。

"那么小狗呢?"我问。

"你应该知道的,我们一回家就能养一只。"

"太棒了!"我说,朝空中击了一拳,"太好了!因为玛丽亚养了一只狗,我不希望要等有人剪掉我的鼻子才能养狗。"

"我相信玛丽亚是个非常好的女孩。"妈妈说,"所以不许再拿她开玩笑了。好吗?"

"好的。"我说,又开始翻看那本关于养狗的书。

"我们会给你找到治疗方法的,乔伊。"妈妈说。

"不会的。"我回答,"治不好了。"

"好啦,你并不是没有希望。"她讽刺地说。

"我知道。"我说,"但是没药可治。医生和爱德辅导员这么说的。"

"你以为吃一片药,症状就会马上消失吗?我说的治疗不是这个意思。"她说。

"那就说出你的意思。"我说完感觉到自己在逐渐失控,因为我突然不想坐在椅子上了。窗外的一切都变得非常模糊,我感觉到我的脑子陷在了一个执念里。"你知道我的意思吗？说出你的意思。你知道我的意思吗？"我又说了一遍，似乎不断地重复这个想法，就能打响赛跑的发令枪，激发我的下一个想法。可是我陷在了沟里。"你知道我的意思吗？"我继续重复，声音更响了一点儿，口气更凶了一点儿。"你知道我的意思吗？"

"来吧。"妈妈轻声说完，抓起了我的手，"我们到后面的厕所里待一会儿。"

她把我拉出座位，抓紧我的手，拽着我走过通道，我不停地从一边跳到另一边，碰到了几个人。

"抱歉。"妈妈不住地对他们说，"抱歉。"

我闪过一个念头：她感到抱歉。她总是感到抱歉。

我们来到厕所，里面很小。妈妈打开门，坐在马桶盖上，她贴着我的屁股把门关上，插上了插销，然后打开她钱包的拉链，拿出我的药，我把嘴张开。

"做我的乖宝贝。"她轻声说，把药片塞在我的舌头上。

我们就那样待着，大巴在路上颠簸，我感觉整个地球都失控了，磕磕绊绊地滚下一道长长的楼梯。

第 12 章　匹兹堡

"我要向你坦白。"妈妈最后说道。

"什么？"

"有一段时间，我想回到你身边，可是我的状态不适合回来。我和你爸爸一起喝酒，没有好好地照顾自己。因此，当我决定回来时，我经常从家门口走过，想看到你，因为那会给我更多的力量振作起来。但是我发誓，我从来没有看见你坐在窗口，我从来不知道奶奶在逼你做什么。"

我把面颊贴在她的头顶上，闻着她头发的气味。她用了那么多美发用品，头发里总是有一股甜香味和奶油味。我们就那样待着，最后大巴停了，司机敲了敲门。

"匹兹堡到了。"他说，"出来吧。"

第13章
月亮上的人

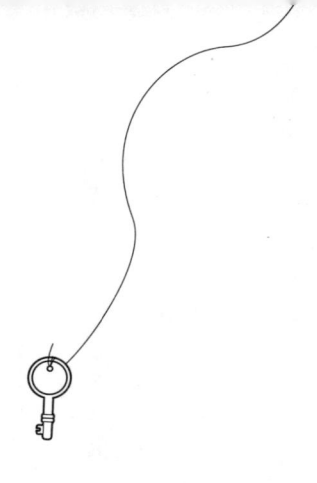

到了医院，我的检查几分钟就结束了。首先，我们走进一个电梯，出来后就到了放射科。妈妈走向前台的那个女人，拿到几张要填写的表格，这时一位护士过来接我。"你填好文件后就过来，"她对妈妈说，"我们在三号房间。"

我们刚走进检查室，我就看见了那个装着邦迪创口贴的玻璃罐。"可以给我一个吗？"我问。

"没问题。"护士说，她亲手打开了玻璃罐，把一个创口贴塞进了我的衣服口袋。没等我再要，她就把玻璃罐放到了最高的那层架子上。"现在把衣服脱掉，换上这个。"她吩咐道，并递给我一件薄薄的白袍子。

"但我的衣服是新的。"我说，"我下了大巴刚换上的。"

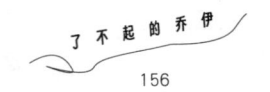

她笑了。"别担心,我们会保管好的。我还希望你把这个橡胶护齿放在两排牙齿之间,用力地咬下去。我们需要你紧紧咬住牙关,这样拍照时你的脑袋才能保持不动。"

"可是我专门为拍照才穿了新衣服。"我说。

"不是那种拍照。"她说。

"好吧。"我回答,这次我不想做任何错事。

"我会把一切都准备好。"她说着就往门外走去,"记住,检查不疼,时间也不长,许多孩子都做过,就像一阵小风吹过。最重要的是躺着不动。"

她刚一离开,我就把一张椅子推到货架前面,跳了上去,打开了那个玻璃罐。我抓起一把创口贴,塞进我的口袋,然后跳下来,把椅子放回原处,换上了那件袍子。

在那之后,一切都发生得很快,我根本来不及犯错误。护士把我领进一个明亮的房间,扶着我上了一张床。她让我仰面躺下,把我的胳膊、腿和肩膀捏来捏去,就像我是弹力橡皮泥做的,她要把我捏得像模像样。

"现在保持不动,假装自己是埃及木乃伊。"她说,"连眼睛都不许动。"

我闭上眼睛,听见她快步走开了。房间另一边的一道门关上了,不一会儿,拍照的机器开始发出嗡嗡声,慢慢地从我身体上方经过。它经过时,我的脑袋麻酥酥的,就像一个蜂窝,里面全是蜜蜂。我一向很喜欢蜜蜂和蜂蜜,想到蜜蜂,我的心情好些了,这比扮演一个倒霉的木乃伊强多了,木乃伊的脑壳就像个干瘪的核桃。突然,嗡嗡声停止了,检查结束。

一道门开了,我听见有脚步声朝我走来。"你现在可以睁眼了。"护士说,"转动一下眼珠。"她把手伸进我的嘴里,掏出那个橡胶护齿,放进一个白色的小袋子,"跳下来吧。你很棒。没有抽搐,没有咳嗽,也没有打喷嚏。你一动也没动,真是好样的。"

我咧嘴笑了。"我肯定是已经好转了。"我说。

"没错。"她回答,"好,跟我来吧。"

妈妈在检查室里等我。"怎么样?"她问,然后亲了亲我的脑袋。

"我想我的脑子里全是蜜蜂。"我回答。

她的嘴一歪,脸上露出一个微笑。"别拿你的脑子开玩

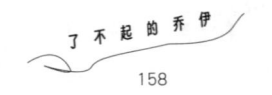

笑。"她说，"这让我感到害怕。"

听到她说害怕，我也害怕起来，就想赶紧离开。我三下五除二地换上自己的衣服，对每个人说了"谢谢"和"再见"。我们离开时，护士说检查结果会直接发给医生。我们没有停下来谈论这件事。我们走进电梯，门关上时，我感觉好多了。

"我不喜欢医院。"我对妈妈说。

"所以他们这里有礼品店。"她说着用一只胳膊搂住了我，用另一只胳膊挽住她的旅行袋。

"我可以买什么？"我问，"什么？"

"别忘了规矩。"她提醒我，"别忘了我的钱包是很瘪的。"

我们走进礼品店，我感到我的脑子又开始嗡嗡作响了。我从来没见过这么酷的地方。似乎他们把世界上最好的玩具都专门留给生病的孩子了。有各种各样的毛绒动物，个头儿都跟孩子一般大。我指着长颈鹿。

"想都别想。"妈妈说。

"那辆装电池的大汽车呢？我可以坐进去开。"

"不行。"

"五美元一罐的花生糖呢?"

"不行。"

"那能买什么?什么?"

"提点合理要求吧,乔伊。"她说,"挑一个你口袋里能装得下的东西。"

"你应该为我感到难过。"我说。

"我为你感到难过,跟我能买得起什么东西是两回事。"她说,"而且,你会好的。"

"好。"我重复着这个字,但口气完全不一样,然后我气冲冲地走向那个旋转的明信片架子。"我就买一张明信片好了。"我大声说。这有点儿无理取闹了,但我不在乎。我想要一件好东西,因为,我的脑子仍然有可能不是一个蜂窝,而是一摊炒鸡蛋。

"明信片是一件非常好的纪念品。"她用那种妈妈的口气说,因为女售货员正看着我们,就像我们是入室抢劫者。

我用一只手抓住明信片的铁丝架子,让它飞快地旋转,正好有一个老太太想抽出一张明信片,架子转得太快,差点儿把她的手指切掉。她惊讶地瞪了我一眼,就像阿米什农场的那只猫头鹰，然后倒退着走向布丁玩偶的货架。我不停地把架子越转越快、越转越快，形成了一股明信片龙卷风。卡片纷纷从架子上飞出来，撒在了地上。

"乔伊！"妈妈厉声地责骂我，"乔伊，停下。"

我不肯停下，但她让我住了手。她用一只手抓住我的胳膊，用另一只手抓住铁丝架。架子差点儿翻倒，还好没有，它只是绕着圈儿摇晃，像一个喝醉酒的人。"现在帮我把这些捡起来。"她一边吩咐，一边弯下腰去。

我跪下来，双手着地，像一只狗一样，用嘴叼住明信片。

"不许这样。"她说，生气地把明信片从我嘴里扯了出去，"谁也不愿意自己的卡片上沾着乔伊的口水。"

"我知道我想要什么了，它能装进我的口袋里。"我说。

"什么？"

"一只吉娃娃。"

"我回头再告诉你，好吗？"她没好气地回道。

这时，女售货员站在我们面前。"有什么需要帮助的吗？"她问，似乎想帮助我们赶紧走出店门。

"你们有吉娃娃卖吗？"妈妈问。

"恐怕没有。"女售货员回答，脸上的笑容那么虚假，然后她就开始整理明信片架子了。

"那我们只能去别的商店买东西了。"妈妈带着很重的鼻音说。她抓起我的胳膊，带着我大步穿过大堂，走出店门。我们不停地大步往前走，最后不知道自己到了什么地方。

过了几分钟，妈妈放下旅行包，抬头看着一家银行的钟。"我们还有点儿多余的时间要打发。去看看风景吧。"

"好啊。"我说，"我们能到圆顶冰屋去看企鹅冰球队吗？"

"我想，没有比赛的时候，他们是不会让你参观冰球场的。"她说，"而且我更想去PPG大厦❶的空中甲板，从一个地方看到整个城市。"

"他们有望远镜吗？"

"我想有吧。"她说。但她也不太确定。我真希望他们有望远镜，因为此刻我的脑子里除了蜜蜂，还有别的东西在嗡嗡地飞舞。我知道我希望在匹兹堡找到什么了。

---

❶ PPG大厦，匹兹堡最有名的后现代建筑之一，由六栋大楼构成，占据三个街区，是一座纯镜面建筑，整座建筑使用了无数巨大的玻璃，具有很好的质感。

到了 PPG 大楼，我们乘电梯上到五十多层，妈妈的脸色有些发白。

"我觉得好像要晕船了。"我们走到外面，朝大窗户边的一排望远镜走去。她坐下来，深深地吸了口气。

"我需要一枚硬币。"我说，"看望远镜。"

她把手伸进钱包，掏出一枚硬币递给我。我站在一个金属小圆凳上，把硬币塞进小槽，透过观察孔往外看。我把望远镜对准空中，尽可能望着远离匹兹堡的地方。

"你在看什么？"她问。

"月亮。"我说，"你说过爸爸可能住在月亮上。"

"所以你才愿意到这上面来的？为了找他？"

"上这儿来是你的主意。"我说着把望远镜对准了她。"笑一笑。"我说。但我看不出她有没有笑，因为她离得太近，镜头里一片模糊。

我把望远镜降下来，对准街道，看着人们在人行道上走来走去。那些人中的任何一个都可能是我爸爸。"我们可以给他打电话吗？"我问。

"不要硬逼着我做什么事，乔伊。"她说，"我们到这里来不是为了找他。"

"我只是问问。"我说,"我很想见见他。"

"我不这么认为。"她说,"我认为你不会喜欢他。"

"记得吗,"我说,"在你回来之前,奶奶说你的坏话,也说我不会喜欢你。但是你回来以后,我就开始喜欢你了。爸爸的情况可能也一样。没准我见到他也会喜欢他的。"

"相信我的话吧。"她说,"你不会喜欢他的。"

"也许不会。"我说,"但是我只有见到他才能确定呀。"我又去看望远镜。

"你最好到酒吧里去找找。"她说,"如果你看到某个紧张不安的小男人,那张皮格扎式的脸醉得通红,那就是他。"

"别人也给他起外号吗?"我问。

"不要开始同情他。"她说,"他只会到处惹是生非。"

"也许他不再喝酒了。"我说。

"是啊。那么鸟也不再飞了。"她讽刺地回答。

"想见自己的亲爸爸没有什么错。"我说。

望远镜的计时耗尽了,画面变得一片漆黑。我看着妈妈,她说:"我没有第二枚硬币。"

我走下圆凳，朝房间那头的收费电话的号码簿走去。"我可以查到他的名字。"我说。她一跃而起，跟了过来。

"我知道你想见你的爸爸。"她说，"我也知道见到他对你有好处。我发愁的是不知道他会是什么样。他可能是醉醺醺的，也可能是清醒的；可能很慈祥，也可能像蛇一样恶毒。如果我知道他已经安顿下来，那我们就会考虑聚在一起。但是在没有把握之前，我不能冒险，他带给你的烦恼也许会超过对你的爱。你能明白吗？"

我把电话号码簿翻到字母"P"的部分。我一页页地翻，用手指顺着名单往下捋。没有卡特·皮格扎，也没有皮格扎奶奶。

"怎么样？"她问，"满意了吗？"

"不算满意。"我说，因为这个时候，我希望他不再喝酒，希望他想要我。

她看着墙上的那一排钟，似乎有点儿迷惑。共有十二个钟，每个钟代表一个国家。伦敦的人要上床睡觉了，东京的人正在起床。"我们最好去赶大巴吧。"她说，"现在该回家了。"

第 13 章　🗝　月亮上的人

她说的"家",指的是我们的家,是在爸爸缺席的情况下,我们建立的家。它永远不会是他的家。如果我要见他,必须去他的家里,天知道他的家在什么地方。

第14章
药贴

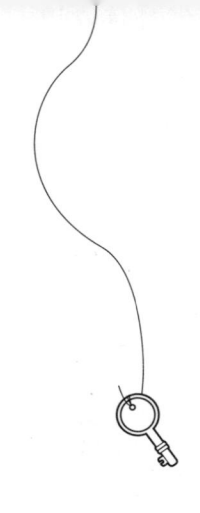

一个星期后,我、妈妈、爱德辅导员和医生一起,坐在爱德辅导员的办公室里。

"检查结果很有希望。"医生说着露出了微笑,"他们只是告诉我们,乔伊的脑袋里都是大量的健康的脑细胞。"

我高兴极了,冒冒失失地插嘴,对妈妈说:"我早就告诉过你。"她用一根手指压住她噘起的嘴唇,严肃地看了我一眼。

医生继续说道:"从神经上来说,你的问题不严重。所以,下一步似乎就是要找到对症的药和合适的剂量。目前,我想尝试一种皮肤药贴。它就像一个圆圆的大创口贴……"

一听到他说"创口贴",我的耳朵就竖了起来。

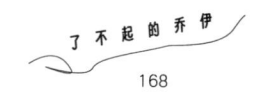

"……一次贴一整天,药物通过皮肤持续渗透,就能避免现在服用药片所产生的起伏不定的状态了。这样做的目的,是给你一个机会,努力获得正常的注意力持续时间。一旦你能做到这一点,那么其他的行为治疗,再加上积极的家庭环境,就能带来显著的变化。"

医生说到"家庭环境"时,妈妈立刻咬住了下唇,分开交叉的两条腿,把裙子往下拉了拉,然后换了个方向交叉起双腿。我伸出手,捏了捏她的手,因为我知道处在困境中是什么感觉。

医生和我妈妈谈了一会儿,递过来几张纸让她阅读和签字。然后他把手伸进公文包,掏出了一个盒子。他从盒子里拿出一个纸包,撕开一角,抖出了那个透明的皮肤药贴。我首先想到的是要用记号笔给它画一个特别酷的文身。

"乔伊,"他说,"把 T 恤衫脱掉。"

我站起来,掀起 T 恤衫,露出肚皮。就在我把衣服掀过头顶时,听见我妈妈倒抽了一口冷气。我把剩下的创口贴都贴在我的肚子上了,形成了一张狗脸。

"别担心。"医生对妈妈说,"这很正常。活泼的孩子没有一个不喜欢创口贴的。"

"我想要一只吉娃娃。"我说，朝爱德辅导员咧嘴一笑，他的反应跟我预料的一模一样，这说明我的脑子一切正常。他拼命忍住笑。上次他那么生气，现在一切都不同了。我没有生病，我只是个小孩子。我正在越变越好，人们会更喜欢我。

"我们今天就去找一只。"妈妈说，然后她低头看着自己的脚，因为她感到有点儿尴尬。

"我要把这个贴在你的身体上。"医生说。他贴好后，又把它抚平。"好了，贴二十四个小时。如果你要洗澡，就把它揭下来，洗完后再贴回去。暂时就这样吧。"他抬头看着我，笑了，"你在参加一种新药的大规模测试，这种药已经对许多孩子都起效用了。但如果你感到头晕或肚子不舒服，就告诉你妈妈，然后我们再试试别的。一定要保证没有偏差。"

我又咧嘴一笑，然后转向爱德辅导员。"如果你看见我把我们家的钥匙吞进肚子里，就知道这药不管用了。"我说。

"我要记住这点。"他说完，轻轻笑了一声。

医生站了起来，伸出一只手。"我很高兴见到你，皮格扎女士。"他说。

"我也是。"妈妈回答，她那样笑微微地看着医生，我觉得她真的很喜欢他。也许她身上也贴着一贴药贴，我想。因为我从没见过妈妈对一个男人有好脸色。

爱德辅导员说："如果我能回答什么问题或提供什么帮助，请尽管告诉我。"

"你真是太体贴周到了。"妈妈说。

"我是说真的。"医生回答，伸手去拿他的皮夹。他打开皮夹，掏出一张名片，递给了妈妈，"我们都希望给乔伊最好的。如果需要，就给我打电话。"

妈妈拉开钱包的拉链，把名片塞进了一个暗袋里。她把手抽出来时，手里拿着一张纸巾。她扭头避开我们，用一只手把纸巾按在眼睛上，用另一只手来摸我，就像在黑暗中寻找着什么。

爱德辅导员打开了门。"明天见。"他对我说，"我们还剩几个星期，可以专门应对你的行为和家庭作业。"

"没问题。"我说。

在去电梯的路上，我问妈妈是不是想跟医生或爱德辅导员谈恋爱。"不。"她说，挥了挥纸巾，把这个想法赶跑了。

第14章　药贴

"天哪，不。我只能应付你这一个男人。"她说，"只有喜欢你的人，我才会喜欢。"她把我拉到她身边，我把脸贴在她的腰部，直到电梯门打开。那些电梯门每天都要开开合合几万次。可是，当我们到达大堂，电梯门为我打开时，我觉得它让我进入了一个全新的世界。我站在那里，想到我终于要走上正轨，逐渐好起来了。我真的是在逐渐好起来。现在大家都来帮助我了，我再也不会回到过去的老样子，除非我把事情搞砸。而我不想把事情搞砸。

"快走吧，乔伊。"妈妈说着就来拉我的胳膊，因为电梯门开始关上了。我赶紧冲过去，站在电梯门的中间，像大力士一样张开胳膊把它挡住。妈妈一弯腰从我的胳膊下钻过，我也紧跟着跳了出去。

"我喜欢电梯。"我们朝公共汽车站走去时，我对妈妈说。

"它让我有晕船的感觉。"她说。

我想起来了。

也许是药贴在生效，也许是爱德辅导员的话起了作用。他告诉过我，我的所有问题都不是因为我神经过敏。"有的是因为态度。"他说，"如果你有积极的态度，事情看上去就会好很多。"他说得对。虽然我还是乔伊·皮格扎,每天贴药贴,去一所特殊教育学校寻求帮助,但我的感觉已大不一样。我仿佛觉得过几天就是圣诞节了,其实我知道不是。

我们走在街上,妈妈举起医生给她的那盒药贴。"这些不是创口贴。"她说,用手指甲轻轻敲着盒子。

"我知道不一样。"我说,"我又不是傻瓜。他们给我的大脑拍了照,我什么都不缺。"

"谢天谢地。"妈妈说,又开始紧张地摆弄我那块斑秃周围的头发,我只好把她的手拉开了。

"头发会长出来的。"我说,"别总是大惊小怪的,不然我就给你贴一个药贴。"

"好吧,只要你不再揪头发,我也就不用大惊小怪了。"她说。

我们从那里坐公共汽车去了一家宠物店,我脸上带着大大的笑容,因为我心里充满了圣诞节提前到来般的喜悦。我笑啊,笑啊,后来发现这家宠物店里根本就没有吉娃娃,也不可能帮我弄到一只。宠物店的老板娘看着我,似乎在这个地球上,只有我不把吉娃娃看成一只大耗子。

第14章 药贴

"它们非常紧张不安。"她解释说,"一天到晚叫个不停。"

"我就是因为这个才想要它。"我回答。

她叹了口气,然后建议我买一只罗威纳犬或斗牛犬,或一只特别大的狗,就像小红帽的故事里把奶奶吃掉的那只狼。我稍微考虑了一下狼狗,因为我想,如果奶奶回来,狼会把她一口吞进肚里。

"那只是一个故事。"我问奶奶是不是会被一只狼狗吞掉时,宠物店老板娘说。

"善良一点儿。"老板娘转身去回答其他顾客的问题时,妈妈小声地对我说,"我无能为力的时候,是奶奶照顾了你。"

我知道,让奶奶被狼活吞不是一个善良的想法,我应该做个善良的人,就像爱德辅导员、妈妈和所有人告诉我的那样。当然,我仍然爱着奶奶,虽然她对我做了那么多坏事。想起来真可怕,你竟然能爱一个不善良的人。大概一个人好转之后就会有这样的改变吧:你会原谅那些曾经对你不好的人。

结果,我们什么狗都没有买,我离开的时候非常失望。但是只要我还在市区的特殊教育学校,我们就每天都看免费报纸《精打细算》上的养狗启事,最后终于找到了一只吉娃娃和腊肠犬的杂交犬。我们打了电话，一个男人把狗装在鞋盒子里送到了我们家。它真是一只完美的小狗。它的漂亮模样几乎全来自吉娃娃的那一半，只是腿特别短，身体像热狗一样。腊肠犬的那一半使它不那么焦躁，不过它还是叫得很厉害。我给它起名帕布罗。帕布罗·皮格扎，简称P.P.。

我们是命中注定的一对，因为它立刻就决定坐在窗台上等我，并冲每个经过的人汪汪大叫。妈妈说狗的叫声都快把她逼疯了，她只好把电视音量调得很大。她还建议我拿一个用过的药贴，剪下一小片贴在帕布罗的肚皮上，试试会不会让它安静下来。"我想不会。"我对妈妈说。

"那就用一根橡皮筋勒住它的嘴。"她说，"这家伙跟你以前一模一样。"

"你以前是爱我的。"我说。

"但我没必要去爱那只狗。"她回答。

我搂着帕布罗长长的肚子，把它抱起来，凑到妈妈的耳边。它舔了舔妈妈的耳朵，弄得她很痒。"说你爱它。"我说，"快说。"

谁也挡不住帕布罗的魅力。它就像我一样，总是闯祸，但是可爱。

妈妈认输了。"好吧。"她说,"我也爱它。"

"必须说得真心实意。"我说,然后又把帕布罗的鼻子塞进她的耳朵里。

"我爱它。"她尖叫起来,把脑袋挣脱开了,"我生活里不能没有它。"

"这还差不多。"我说,"现在我和帕布罗感觉好多了。"

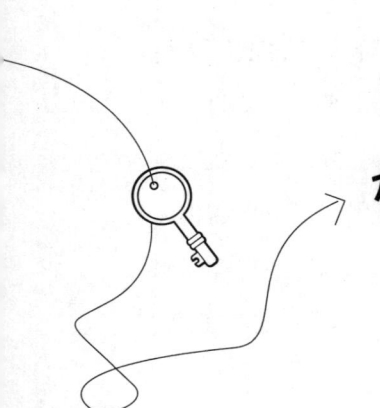

第15章
在这里给我照一张

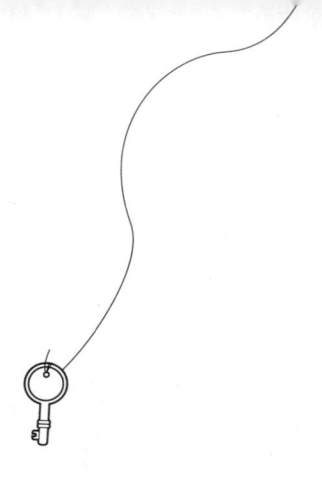

医生说过，药贴跟我以前吃的药不一样，我没法判断它是不是在起作用。他说，这是一种完全不同的药物，要过一段时间才会起效。但是我发誓，几乎在贴上第一片之后，我就感觉到自己放松了下来，就像荡着的秋千慢慢停止了。我告诉爱德辅导员时，他说这是一个好的迹象，可能意味着我持续得到的药量很合适，不会再只感到亢奋，接下来会感到极度消沉，然后再次感到亢奋了。

这真是太好了，因为我一旦放慢速度，在特殊教育学校用功学习，似乎其他的一切就加快了速度。我在市中心的最后两星期一晃而过，准备离开时，我感觉时间并没有过去多久，我却有了很大的变化。当然，我并没有彻头彻尾地改变。不管医生多么聪明，不管我用的是什么药，我体内的某个地方总有那么点不对劲，这是没有办法的事。我的床不是自己铺的，但不管我喜不喜欢，它都是我的床。就像爱德辅导员说的："你必须直面现实，好好应对，让你的问题成为你身上最不起眼的一部分。"他说得对。

我的朋友查理也准备离开了。他的一只小手锻炼得很有力量，他们在他的胳膊上面连接了一个塑料胳膊，他能控制胳膊下面的塑料手指，那些手指是软的，但摸上去像真的一样。我听爱德辅导员说我即将离开中心了，就去找到查理，他用他的那只新手跟我握手，那一刻真是令人难忘。这对他来说太神奇了。

"感受一下，皮格扎。"他说，动了动一根手指，在我的手心里挠痒痒。

"真棒。"我说，"什么时候装另一只手？"

"几个星期后。"他回答，"我会告诉你的。"

"电话号码簿上的皮格扎只有我们一家。"我说，"给我打电话，你可以过来认识一下帕布罗。"

他用手指做了几个拨号的动作："我会的。"

第 15 章　在这里给我照一张

最后，妈妈和爱德辅导员约见了加扎布夫人和马克西夫人，她们都同意，只要我遵守规矩，按时用药，就让我回到学校。他们见过面之后，妈妈把结果告诉了我，我说："我喜欢规矩。"确实如此。我还给帕布罗制定了几条狗的规矩，因为它乱咬东西，在地板上屙屎，我只好送它去了狗狗特殊教育学校，让它学会只咬狗玩具，只在前院屙屎。

回学校的第一天，我高兴极了，因为特殊教育学校的校车不再停靠在我家门前了。我走到学校，穿过大门之后，走向了校长办公室。

"我能见到加扎布夫人吗？"我问秘书。

"欢迎回来。"她说，"你是去度假了吗？"

"不是。"我回答，"还记得我吗？我剪掉了玛丽亚的鼻尖，被送到大型特殊教育学校，贴上了一贴药贴。你想看看吗？"

"恐怕加扎布夫人这会儿正忙着呢，乔伊。"她回答，然后她隔着办公桌探过身，把我撩起的T恤衫拉了下去，"有什么事需要我帮忙吗？"

"我想在大喇叭里说我想说的话。"我说,"我从来没做过这件事,现在很想试一试。"

"好的,你先坐下,"她说,"我去看看有什么办法。"

我等待的时候,校医霍利菲尔德走了过来。我咧开嘴朝她笑,似乎我是一个斜眼的万圣节南瓜,眼睛、耳朵和嘴巴里都透出光来,她也立刻朝我笑了。

"不会吧,你这么快就闯祸了?"她说,把双手叉在腰上。

"没有。"我喊道,几乎笑出声来,"我是新改良的乔伊了。"我撩起T恤衫,"看见这个药贴了吗?"我说,"再看看这个。"我把双手放在膝盖上,眼睛盯着房间那头的一幅小丑图画,小丑头上顶着一只旧鞋子。我的脑袋一动不动,眼睛也一眨不眨。

过了大约一分钟,她问:"怎么?你想要我看什么呀?"

"就是这个。"我说,"就是我坐着不动。你还不明白吗?我变好了。"

她笑了。"真是太棒了。"她说,"可是,现在你变好了,我就不会再见到你了。"

"哦,你会见到的。"我说,"我会过来串门儿。但不是为了呕吐。"

"瞧你说的。"她回答。

秘书回来了,说道:"没问题,加扎布夫人说今天早晨你可以说。"

"去吧,乔伊。"校医霍利菲尔德说。她抬头看着大钟:"我得赶紧走了。我得把同学们的药准备好。"

"给他们用药贴吧。"我说,"比吃药片好多了。"

"我尽量吧。"她说,然后顺着走廊匆匆离去。

很快,我就站在麦克风前,大声说:"我叫乔伊·皮格扎,我回来了!"我想说每个人的鼻子都很安全,不用担心,可是加扎布夫人把麦克风从我手里夺了过去,关掉了音量。不过,"我回来了!回来了!回来了!"的回声还在走廊里响着,就像巨人的脚步声,我真喜欢这声音啊。

"谢谢你,加扎布夫人。"我说。校长恼火地瞪了我一眼。

"去见霍华德夫人吧,"她回答,"可别第一天回来就迟到。"

加扎布夫人和爱德辅导员达成的协议是,我必须先在正常学校的特殊教育班里待一星期,证明我对自己和地球上的任何人都没有危险，然后才能返回马克西夫人的班上。而且，就像爱德辅导员对我说的，其他同学的家长也需要知道他们的孩子回家时不会伤痕累累。"永远从大局来考虑。"他对我说，"换位思考，想想其他人的感受。"我明白他的意思，因为我亲眼看到在我伤害了玛丽亚之后，她的爸爸是多么暴怒。如果是我的鼻子被剪掉了，我妈妈肯定也是那种心情。

先回霍华德夫人那里对我来说没有问题，因为我在特殊教育班也有朋友。我来到楼下，霍华德夫人对着我大惊小怪。

"欢迎回来。"她大声喊道，然后跪下来拥抱了我一下，"你刚才说的太棒了。"

那些妈妈也都在，还有特教助手和所有的孩子，大家尽可能地转过头看着我，说着各种各样的话，但意思都是一样：看到你回来太好了！

"我说，你可不要习惯了待在这下面哟。"霍华德夫人对我说，"我很快就要把你送到楼上，送回你原来的班里去。"

"我知道。"我说，露出一个半月形的傻乎乎的微笑，"我又有了第二次机会。"

"你是个幸运的孩子。"她说，"我们都需要第二次机会。"

她告诉我坐哪张课桌，我看到桌角上不像马克西夫人教室的课桌那样贴着一条条规矩。其实我知道那些规矩。问题的关键不是我不懂规矩，而是我总是忘记遵守规矩。

哈罗德还在。我生日时许的愿望，并没有在我离开时实现，不然他就会摆脱颈托、扔掉轮椅，跟我一起玩橄榄球了。

霍华德夫人正忙着帮助另外几个孩子，我就走到哈罗德的妈妈面前。"我回来了。"我说着撩起T恤衫，给她看我的药贴，"我换了新药。"

她特别慈爱。她用胳膊抱住我，搂得紧紧的。"你给了我希望，乔伊。"她说，"如果你能做到，哈罗德将来也有可能做到。"

听她说出这样的话，我感到很吃惊，因为我从没想过会有人指着我，说我给了他希望，他的孩子将来有可能像我一样。她说完这句话之后，我一动不动地站着，像妈妈教我的那样直视着她的眼睛。"你真的这样想吗？"我问。

"自从那次派对之后，"她说，"自从你吹灭了他的许愿蜡烛之后，他就一直在找你。"

我看着那边的哈罗德，他只顾着从嘴里吐着小唾沫泡，

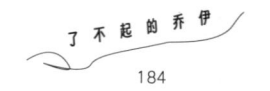

我想他大概永远也不会好起来了。但是因为我好起来了，我希望他也能好起来。

接着，哈罗德的妈妈说了一番话，是非亲非故的人对我说过的最感人的话。"你知道吗，乔伊，吃药帮助你安静了下来，但其实你一直都是个好孩子。你天性善良。我希望你知道这一点。你有一颗善良的心。"

她说完这些，就像帮我吹灭了蛋糕上的所有蜡烛。"谢谢。"我说，然后半转过脸，在肩头擦了擦眼泪。我走开了一点儿，似乎要去做别的事情。实际上，我从口袋里掏出那张我站着不动的老照片，用拇指和食指摩擦着它。我不是一个坏孩子，我想。然后我走到书架前，取下一本书，看到那张大安静椅上没有人，我就爬上去，坐下来开始看书。